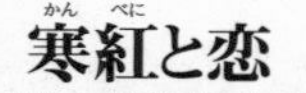


小間もの丸藤看板姉妹㊂

宮本紀子

時代小説文庫



角川春樹事務所

本文デザイン／アルビレオ

目次

小間もの丸藤看板姉妹

## 主な登場人物

**里久**(りく)　小間物商の大店「丸藤」の総領娘。幼いころ病弱で、養生のため叔母に預けられ品川の漁師町で育つ。十七歳で日本橋の生家に戻った。

**桃**　里久の妹、十五歳。小間物や化粧に詳しい。伊勢町小町と呼ばれる美しさ。

**藤兵衛・須万**(すま)　里久と桃の父母。藤兵衛は「丸藤」のあるじ。

**惣介**　手代頭。番頭や手代の吉蔵(きちぞう)、小僧の長吉らと共に店を支える。

**彦作**　鏡磨きの職人。里久との出会いで「丸藤」に居場所を与えられた。

**民**　奥向きの女中。姉妹を優しく見守っている。

**清七**　「丸藤」出入りの飾り職人。腕がいい。

**耕之助**　里久と桃の幼なじみ。米問屋「大和屋」の次男坊。

# 寒紅と恋

小間もの丸藤
看板姉妹 三

# 第一章 寒紅

先月の末に初雪が降ったが、十一月にはいると冬晴れの日がつづいた。

空は澄みわたり、風のない日には日本橋から富士のお山がよく見える。それを里久に教えてくれたのは「丸藤」の客だった。

丸藤は日本橋の伊勢町にある小間物商の大店だ。

里久はそこの総領娘である。幼いころは体が弱く、養生のため、品川の漁師の網元に嫁いだ叔母のもとで暮らしていたが、十七になった今年のはじめ、実家の丸藤に戻ってきた。この土地と大店の暮らしに馴染むため、店に立つようになってそろそろ一年がたとうとしている。

日本橋の上から望む富士のお山は、それは胸がすくような美しさだ。甍の波の彼方にすっとそびえる姿は里久を魅了する。だがお山がはっきりと眺められる日は、雪の日より朝晩の冷え込みはきつい。路地には太い霜柱が土を持ち上げて立ち、庭にある金魚の水鉢には氷が張る。井戸の水も指が痺れるほど冷たい。奥の台所を一手に任されている女中の民は、手にかわいそうなほどあかぎれをつくっていた。小僧の長吉は足のしもやけに難儀している。歩くと痛く、昼間暖かくなると今度はかゆくなるらしい。番頭は腰の痛みに、手代頭は寒い外回りがつらそうだ。手代はますます朝が起きられない。里久も着替えの際、腕を通した着物の冷たさに思わずひゃっと声をあげることもしばしばだ。

そんな毎日の中、みなは楽しみを見つける。冬至の日の湯屋の柚子湯。木戸番屋の甘い焼き芋。どちらも硬く縮こまった体をほっとほぐしてくれる。

里久がこの冬見つけた楽しみは、なんといっても店の大戸を閉めてからの屋台の蕎麦だ。湯屋に行かない寒さの厳しい夜、ときどき藤兵衛が温かいものでも食べておいでと奉公人たちに銭を渡す。これは冬の恒例のようで、

「堀とは反対の瀬戸物町の角に毎夜屋台が出ているんですよ」

待ってましたとばかり、いそいそと出かけてゆく奉公人たちを里久がおとなしく見送るはずがない。

「番頭さんもお民も一緒だからいいだろ。ね、ね」

須万の小言もなんのその、行っておいでと苦笑する藤兵衛に礼を言って、里久は真っ暗な夜道に滲む「二八」の箱看板の灯り目指して長吉と駆けだすのだ。

「どうですか、お嬢さん」

「おいしいねえ」

蕎麦は鯖節の濃い出汁に、薬味の葱と揚げ玉だけの素朴なものだが、痺れるほどうまい。丼が軽くなっていくのを惜しみながら、熱い汁をすすり、垂れる洟をすすり、奉公人たちと笑いあう。寒さでかじかんだ手も体も温まる。

里久はみんなで過ごすこんな刻がたまらなく好きだ。

ほかの店の奉公人たちも出汁の香りや灯りにつられてやってくる。みんなここらの商家の奉公人だ。厳しく躾けられていて無駄なおしゃべりは一切しないが、蕎麦をすする顔は幸せそのものだ。

里久がこの冬、楽しみと一緒に見つけた新しい伊勢町の顔である。

ささやかな冬の楽しみがある一方で豪勢な楽しみもある。丸藤の客たちはこちらだ。大川に屋根舟を出しての雪見。高台の見晴らしのよい料理屋での雪見酒。顔見世興行。女たちにとっては、新しい年のはじめに髪に飾る簪や櫛や笄を誂えるのも楽しみのひとつだ。すでに注文した品を取りに訪れる者や、まだ間に合うかとあわててやってくる者たちで、丸藤はここのところ連日にぎわっていた。

飾り職人の清七がひょっこり丸藤に顔を出したのは、客のにぎわいも引いた夕暮れ時であった。里久は店の壁にずらりと並んだ簞笥に白粉をしまっているところだった。

「あれ、こんな時分に珍しい」

店内の雪洞型の行灯に照らされた里久を見て、清七は眩しそうに目を細め、小さく辞儀をした。寒い中、空っ風に吹かれてきたようで鼻の頭が赤い。

「おお、できあがったのかい」

番頭が土間に立つ清七を目ざとく見つけ、帳場から転がり出てきた。

「そのう、いただいた注文のぜんぶとはいかねえんですが」

清七は申し訳なさそうに頭を下げた。

「じゅうぶんですよ。こっちこそ急がしてしまってわるかったね」

どれ、さっそく拝見しましょう。番頭は清七を店座敷に上げ、受けとった桐箱の蓋を次々と開けていった。里久もすぐさま番頭の横へ陣取る。熱い茶を運んできた長吉も隣へ座り、みなでわくわくと箱の中をのぞいた。

「このたびの簪もまた」

番頭から感嘆のため息がでる。花簪、びらびら簪、玉簪。どれも期待に違わずみごとな出来栄えだ。とくに里久の目を惹いたのは、銀で菊と桜をあらわした玉簪だ。無数の小菊の中に水晶だろうか、青く光る桜の花が銀を縁取りにして咲いていた。

「すてきだねえ」

里久は箱ごとそっと手にとる。行灯の灯りに青い花は落ち着いた輝きをはなっている。

「油問屋のお内儀さまのご注文でございますよ。きっと満足していただけましょう」

「こんな簪を正月に挿せるだなんて、幸せなお女だねえ」

里久の口からついうらやましさがこぼれる。

そんな里久に清七は、「お嬢さん、申し訳ございやせん」とすまなさそうに詫びた。

「季節に合わせてもうひとつかふたつ、おつくりできればようございましたが」

「やだな、そんなつもりで言ったんじゃないよ。これだって気に入っているんだから」

里久は髪の簪に手をそえた。小粒の珊瑚玉をふたつあわせて瓢箪に見立てた簪だ。

少し前の里久の髪を飾っていたのは、金銀の貝に海の波をビードロの玉であしらった簪だった。清七にどんな簪が望みかときかれ、潮騒が聞こえる簪だと答え、清七がつくってくれたものだ。あれは六月の山王権現の祭りの後だ。里久はひと目で気に入り、この簪ばかり挿していたのだが、やはり冬の季節には合わないということで、母の須万が持っているものの中から里久に似合いそうな簪を選ってくれたのがこれだった。

「季節に合おうが合うまいがつけていいなら、あの簪をずっと挿していたいんだけどね」

そうでございましょうね、と番頭は笑う。

「しかしつくれないのも無理はございません。秋口からこっち、清七さんにはうちの店の注文の品をつくってもらっているのですから」

腕のよい飾り職人の清七だ。「ほれあの職人さんに」と名指しで注文を受けることが多く、どうしても清七の抱える仕事の量は増えてしまう。

秋の行楽、歌舞伎の顔見世。ほんの前までは七五三の女児の髪飾り。そしていまは正月用の品にかかりきりだ。

「それにできれば、もうひとつ簪の注文を頼まれてほしいのですよ」

いまごろになって正月に挿す簪が欲しいと言ってきた客がいて、それがお得意さまなものだから無下に断われないと、番頭は眉根を寄せた。

「ほかの職人へ頼もうかと思ったんだが、好みのうるさいお客さまでね。なんせ急ぎ仕事だ。手が雑になっても困るし、ぜひおまえさんにお願いしたいのだよ」

引き受けちゃもらえないだろうかと、番頭は清七に拝み手をする。

しばらく頭の中で算段している様子の清七だったが、「わかりやした。なんとかやってみましょう」と番頭の頼みを聞き入れた。

「そうかい、やってくれるかい。助かるよ。明日さっそく手代頭にお客さまの好みを聞きに行かせるから、その帰りにでも清七さんのところに寄らせるよ」

しかし清七は、申し訳ないが明後日にしてくれないかと言った。

「おや、どこか出かけるのかい」

「へい、ちょいと酉の市に。知り合いについてきてくれと頼まれやして」

十一月の酉の日に行われる鷲神社の祭礼だ。

冬至が歳時の楽しみなら、酉の市は神事の楽しみのひとつというところだ。祀られているのは開運の神様で、福を掻き集めようと縁起物の熊手の市が立つので有名だ。主に茶屋や料理屋、船宿を商う者や、芝居にたずさわる者が買い求めるが、ほかにも正月中の魔除けにと求める者も多い。

「おお、そうかい。明日の九日は一の酉かい」

忘れていたと番頭は己の額をぺしりと叩いた。

「へえ、酉の市かあ」

里久は目を輝かせた。

「そういや、お嬢さんはこちらに戻られてはじめての酉の市でしたね。もうすっかり馴染まれておいでだから、つい忘れてしまいますなあ」

「番頭さん、酉の市に限らずだよ」

里久はここで迎えるものは、なにもかもが新鮮だ。

「まあ、そうでございましょうが、酉の市なら品川にもございましたでしょう」

きっとあったんだろう。しかし里久は参ったことがなかった。とくにここ数年は叔母の看病で忙しく、それどころではなかったというのが正直なところだ。行ったことがなかったと言うと、

「おや、どうしてです」

と番頭は驚く。里久は「漁が忙しくってね」とはぐらかした。が、この老練な番頭はなんでもお見通しのようだ。ふっと顔を曇らせたかと思うと、すぐさま明るい声で、

「ちょうどよい機会でございますから、お参りに行かれてはいかがです」

と里久に参詣をすすめてきた。

「ここいらの者は、吉原の裏手にある下谷の鷲神社へお参りに出かけるのでございます。そりゃあすごい人出でして。そうそう、大熊手なんてものもあるんでございますよ」

こんなに大きいんですよ、と番頭は両腕をめいっぱい広げてみせた。

「土産物だって土人形や竹製の熊手の簪、切山椒という餅菓子がございましてね」

「あっしでよければご案内いたしやすよ」

清七までそんなことを言ってくれる。

清七とは丸藤の店以外で会ったことがない。

外で待ち合わせて一緒に参詣するだなんて――。

里久の胸はちょっとくすぐったい。

「行ってもいいのかい？」

番頭は目じりにいっぱいの皺をつくってうなずいた。

「もちろんでございますとも。さっそくわたしから旦那さまにお話ししてみましょう」

藤兵衛も店にばかりいてもな、と話はとんとん拍子にすすみ、里久の酉の市の参詣はす

ぐに決まった。

「やったあ。うれしいよ」

里久は店内だというのに小躍りだ。

「わたしもお供いたします」

長吉もはりきる。

用心して彦作も供に加わり、社で清七と落ち合う手はずとなった。

「ねえ、桃もどうだい」

夕餉の片づけがすんだ台所の板間で、姉妹でみかんを食べながら、里久は妹の桃を酉の市に誘ってみた。竈の火でふんわり温められた空気に、すがすがしい柑橘の香りが漂う。

外出の、それも人の多いところが苦手な桃だ。きっと断わるだろうと思っていたが、桃は意外にも、「そうね、行こうかしら」と話にのってきた。

「どうしたんだい、珍しいじゃないか」

誘っておきながら、まさか付き合うとは思っていなかったものだから、里久はみかんの汁にちょっとむせた。器を戸棚にしまっていた民も、おやまあ、と驚いている。

「こうやって姉さんといられるのもいまだけなんだって、お見合いをしてわかったのよ」

桃はしみじみ言う。

先月、縁談話がきて見合いをした桃だったが、己の一存で断わってしまっていた。

「一生のうちで、娘でいられるのもほんのわずかな間よね。だから姉さんとの刻を大事にしようと思って」

桃はていねいにむいたみかんを細い指でひと房ずつつまみ、口に含む。

「そりゃあうれしいけど……それはやっぱり、そう遠くないうちに桃がお嫁にいっちゃうってことなんだろうね」

里久の胸に桃を見合いに送り出したときの寂しさが蘇る。

あれは初雪が降った日だった。

「さあ、どうかしら。わたしは姉さんの婿取りのほうが早いと思うけど」

里久は、ないない、と手をふる。

「あら、わからないわよ」

かしましい娘たちに、民が声をかけた。

「ほらほらお嬢さん方、そろそろお休みくださいましな。酉の市に行かれるなら早起きしないと。それにうんとお寒うございますよ。しっかり着込んでいってくださいまし」

「おっ、もうそんな刻限かい。桃とお参りできるなんてますます明日が楽しみだなぁ」

白い筋の残るみかんの房を、里久は三つまとめて頬張った。

翌日の酉の市は、民が言ったように身を切るような寒さとなった。

桃は小袖に黄色い格子柄の半纏羽織。頭には黒ちりめんの袖頭巾を被る。里久も小袖に青い麻の葉柄の半纏羽織という出で立ちだ。

一行はまだ靄の濃い早朝に家を出た。通りの水たまりには氷が張り、落ち葉を閉じこめている。

日本堤にさしかかったところで冬の青空が広がってきた。

田畑に囲まれた畦道かと見間違うほどの細い道を行けば、枯れ田圃に雁の群れが降り立ち、さかんに籾をついばんでいた。

しかし冬景色を楽しめたのもここまでだった。鷲神社の参道のずっと手前からもう人でごった返し、前にすすめぬほどとなった。

「わあ、番頭さんが言っていたとおりだよ。すごい人出だねえ」

里久は背伸びして手をかざす。見えるものは前も後ろも人ばかりだ。

桃は白い息を弾ませる。色白の顔はさらに白く、もうすでに人いきれに酔ったようだ。

「大丈夫かい、桃」

里久たちのうしろからついてくる彦作も、少し休まれたらどうじゃろと桃を案じる。

「ありがとう。でも平気よ」

桃は微笑む。紅をさした唇が朝陽につややかに光った。

陽の加減で紅が青や緑や、紫や金や、まさに玉虫の羽のようにさまざまな色に変化して輝く。

桃はほんとうにきれいだなぁ。里久はつくづく見惚れ、ため息をこぼす。

「ほらほらお嬢さん、見てくださいよ。わあ、大きいなあ」

先をゆく長吉が歓声をあげた。すでに参詣を終えた者たちもいて、前から大きな熊手を肩に担いだ男たちとすれ違う。これが番頭が言っていた大熊手のようだ。ほんとうに両の腕を広げたほどもある。お多福の面や米俵、小判といった縁起物の飾りがこれでもかとついている。

「はあ、立派なもんだねえ」

里久はぽかんと口を開けてとおり過ぎる熊手を見送った。その間も人の肩があちこちにあたる。

「ほれ、よそ見してちゃ危ないでのう」

彦作がさりげなく姉妹たちを人の流れから庇う。

やっとのことで参道に足を踏み入れても、ここもまた人だらけだ。両側から熊手や土産物の見世（露店）に挟まれ、前を行く者、立ちどまる者、戻ってくる者が入り乱れ、あたりは押し合いへし合いだ。喧騒と売り声が渦巻いている。里久たちは、はぐれぬようにひと塊になって人混みの中をすすんでいく。いかにも茶屋や料理屋の女将といった風体の者や、町家のおかみさんや娘たちの姿も多い。女たちはおしゃべりをしたり、笑ったりにぎやかだ。が、桃に気づくと女たちの笑いはやんだ。驚いたように目をみはり、熱い眼差しで桃を追う。「ねえ、見て」「ええ、すごいわねえ」「きれえ……」あちこちからそんな囁きが聞こえてくる。とおり過ぎてからまた戻ってくる者までいる。

ふふ、そうだろ。里久はうれしくて、つい桃をにやにや見てしまう。が、

——あれ？

なにか違和感をおぼえた。桃と、桃を熱く見つめる娘たちを交互に見比べる。

なんだろう。なにかが違った。でもそれがなんなのか、里久にはわからない。

「どうしたのよ姉さん」

しげしげと見つめる姉を桃が不思議がってきく。

「それがさあ」

里久が話そうとしたときだ。

「あっ、清七さんだ」

前をゆく長吉が参道の先を指さした。彦作も「おお、ほんにのう」と声を弾ませる。

「えっ、どこどこ」

探す間もなく、清七が土人形を売る見世の前で手をふっているのが、里久の目に飛びこんできた。そばに母娘らしき女のふたり連れが立っている。

そういえば連れがいると清七は言っていたっけ。

清七が人を掻き分けてこっちへやってきた。

「お嬢さん、おはようございやす。こりゃあ桃お嬢さんまで、お珍しい。彦作さん、長吉っつぁん、おはようございやす」

いやあ、会えてよかった。見つけられなかったらどうしようかと思っていたところです。

清七は照れたように頭を掻き、里久にやさしい眼差しを向ける。

連れの女たちも遅れてやってきて、清七が紹介した。

女たちは、かつて清七が世話になった飾り職人の親方のおかみさんと、その娘だった。

「まあまあまあ、お美しいお嬢さん方だこと。日ごろは清七が大変お世話になり、ありがとう存じます。今日はご一緒できて、うれしゅうございますよ」

里久たちのことはすでに聞いていたようで、おかみさんは満面の笑みで丸藤一行を迎える。

さすが桃は慣れたものだ。

「お初にお目にかかります。丸藤の桃でございます」

ついで姉の里久を紹介し、店に尽力してくれている清七への感謝を述べ、頭を下げる。

里久もあわてて「はじめまして。今日はよろしくお願いします」と頭を下げた。

「まあ、さすが大店のお嬢さんですこと。しっかりしていなさる」

ねえお豊、と名を呼ばれた娘は、愛想のよい母親とは反対で、ぼうっとこちらを見つめている。お豊もきっと桃に見惚れているのだろう。お豊は里久と同い年か、少し上ぐらい。周りの娘たちと同じで、黒襟をあてた黄八丈に昼夜帯を締めている。

そういえば江戸に戻ってから里久も友達はできたが、みんな大店の娘たちばかりだ。品川にいたときのような、職人の娘の友達はいない。年も近いし、お豊と親しくなれたらいいな。里久は密かに願いをこめ、お豊に「にっ」と笑いかけた。

「お豊さん、今日はよろしくね」

しかしお豊はすっと母親の背に隠れた。

「まあ、この娘ったら年甲斐もなく恥ずかしがって」

おかみさんは「ほほほ」と笑い、ささ、まずはお参りといきますか、と里久たちを先導した。

「ここは出世のご利益もあるんですよ」

芋の八つ頭はたくさん芽が出ることから人の頭に立つ、と縁起のよい土産物になっている。

「拝めばいいお相手だって見つかるかもしれませんよ」

開運の神様だから、なんでもござれなのである。

「土産物は餅菓子もあるんでしょう」

里久が言うと、

「おや、お嬢さんは色気より食い気でございますか」

と、おかみさんは高らかに笑った。

やっとのことで社殿に辿りつくとみなで手を合わせた。

里久も神妙に拝む。横目でそっとうかがえば、長吉がぎゅっと目を瞑り、「出世出世」と唱えている。

「清七さんはなにをお願いしたんだい」

里久は参道を戻りながら清七にたずねた。

「あっしですか、あっしはいい簪がつくれますようにと」

「清七さんらしいね。彦爺は」

「わしは、みんな達者で暮らせますようにと」

「じゃあ桃は」

「わたしは……そういうのはひとには言わないものなのよ」

桃は少し頬を赤らめる。

「じゃあ」

お豊と目が合うと、お豊は里久からすいっと視線を外した。

「姉さんはなにをお願いしたのよ」

「えっ、ああ、わたしかい。わたしは彦爺と一緒だよ」

「さあ、どうします？　あたしの妹は料理屋に嫁いでいましてね」

おかみさんは、いまから熊手を見つくろうという。

「お嬢さん方もせっかくですし、魔除けにひとつどうです」

「そうだね、桃、そうしようよ」

「姉さん、大熊手はだめよ」

「わかってるよう」

とは言いながら、いちばん大きいのが欲しかった里久は、残念そうに口を尖らせた。

里久たちは見世に所狭しと並べられている熊手を見て回った。

来がけに目にしたように、熊手はお多福の面や小判など、さまざまに飾りたててある。ほかには枡に千両箱だ。

「いろんな縁起物の飾りがあるんだねえ。あ、ほら、あの宝船なんてどうだい」

桃に話しかけたはずが、里久の横には桃ではなく、いつのまにかお豊が立っていた。

お豊は里久が見上げていたのと同じ熊手を見ている。

「お豊さんもあの熊手がいいと思うかい。あれにしようかな。大きさだってちょうどいいよね」

里久は気さくに話しかけ、お豊と一緒に熊手を見上げた。

仲良く、あれはどう、これは？　と会話を弾ませながら熊手が選べると思ったのだが、お豊から発せられたのは、

「あんた、どうして来たのよ」

とつれないものだった。

えっ、と目を熊手からお豊に戻すと、お豊はきっ、と里久を睨んでいた。

「あたし、毎年酉の市には清七さんと来てるの。なのに今年はどうしてあんたまで一緒なのよ」

「ど、どうしてと言われても……」

里久は思ってもいなかったことを言われて目を瞬いた。

「えっと、清七さんが案内してくれると言ってくれたし」

それに、あの、と里久はしどろもどろに答えた。

清七の名が出て、お豊の里久を睨む目はいっそうきつくなる。

「どうせ、酉の市には行ったことがないとか、あんた清七さんに言ったんでしょう」

たしかに言った。黙っている里久に、お豊は「やっぱり」と勝ち誇ったように、ふん、と鼻を鳴らした。

「世話になっている大店の娘にそんなこと言われたら、案内しましょうか、ってことにな

るじゃない。ああそうですか、だけじゃすまないじゃない」

里久の簪のことまで気にかけてくれる清七だ。

「そっか、そうだよね」

里久は納得する。

「そうよっ。せっかく楽しみにしていたのに台無しだわ。ほんとうに楽しみだったのよ。……なのにひとの気も知らないで、あんなにはしゃいじゃって」

お豊の目線の先で、桃が長吉と小さな熊手の簪を手に喜んでいた。

「あんたたちみたいになんでも手にはいれば、誰だってきれいになれるわよ。それなのに、なにさ、これみよがしに見せつけて……」

お豊は悔しそうに唇をぎゅっと噛(か)んだ。

そのお豊に、里久はさっきと同じ違和感をおぼえた。

「なにじろじろ見てるのよ」

お豊は里久のまっすぐな瞳にさらに苛立(いらだ)つ。

「あっ、ごめんよ」

「姉さん」

そこへ桃が長吉とやってきた。お豊は桃と入れ替わるように里久から離れていった。

「なにを話していたの」

桃がお豊の背を見送りながらきいてきた。

「べつにたいしたことじゃないよ。それよりなんだい、桃」

「ふふ、ねえ見て。買っちゃった」

桃は髪に熊手の簪を挿していた。竹でできていて、ここにもお多福の面がついている。

「へえ、かわいいねえ」

「でしょう。挿せば強運に恵まれるんですって。姉さんのもあるわよ。ほら屈んで」

桃は里久の髪にすいと簪を挿す。

いつもの瓢箪の簪に熊手の簪が加わり、里久の頭は縁起が増す。

桃がぷっと噴いた。

「へんかい？」

「ううん、似合いすぎておかしいぐらいよ」

「なんだいそれ」

桃と笑いあっていると、少し離れたところでおかみさんと熊手を見ていた清七と目が合った。清七は、お嬢さん似合ってますよ、とでも言うようにうなずく。それにお豊が気づいて清七の腕を引いた。

すぐうしろで売り手の男たちの威勢のよい手打ちが弾けた。

西の市から丸藤に戻ってきたのは、昼九つ（正午）もとっくに過ぎたころだった。内所で民の熱いぶっかけ蕎麦をすすり、遅い昼餉をすませると冷えきった体も温まり、やっとひと息つけた。

「彦作や長吉もご苦労さんだったね。ねぎらってやっておくれ」

長火鉢の猫板に里久と桃の茶を淹れながら須万が言えば、

「ふたりとも二杯めをいただいております」

民は笑って、娘たちの空になった丼をさげて部屋から出ていった。

須万の前には宝船の飾りがついた熊手と、土産の八つ頭、それに切山椒がある。

「どうだったい。楽しかったかい」

「すっごくね。大熊手はほんとうにこんなだったよ」

里久は須万に両腕をうんと広げてみせた。

「あんなに人出があるなんて、想像以上よ」

桃は、とにかく疲れたわ、と母親が淹れてくれた茶をすすった。

「でも姉さんとお参りできてよかった」

桃はおそろいで買ったのよと、須万に熊手の簪を見せる。

「人混みにはまいったけど、わたしも楽しかったわ」

須万に微笑む桃の唇は、蕎麦を食べたあとでも色鮮やかだ。

その玉虫色に、酉の市で受けた違和感がなんだったのか、里久はやっと思いあたった。

「そうか……唇だ。紅の色だよ」

酉の市で見かけた多くの女や娘たちの紅の色と、桃の紅の色は違っていた。

桃の鮮やかな玉虫色に比べ、女や娘たちのそれは、なんというか、鮮やかではなかった。

ただ赤かったり、下唇がやけに黒くくすんでいたり。と里久は女たちの残像をたどってゆく。

どうしてだろう……。

「そういえばさ」

里久は感じた疑問を須万と桃に投げかけた。

須万は火鉢に手をかざし、伏し目がちに里久の話を聞いていたが、聞き終えると「紅といっても、ぴんきりだからね」とわけ知り顔でうなずいた。

「安い紅だと赤いばっかりだし、下唇が黒くくすんでいたのは笹紅(ささべに)の――」

「笹紅？」と里久は聞き返した。

下唇に紅をたっぷり重ねて濃い青緑に光らせる。笹の葉の色に似ていることから笹紅と呼ばれている。吉原の花魁(おいらん)から人気の火がつき、巷(ちまた)でたいそう流行(はや)っている。紅を刷(は)いているから里久もそれぐらいは知っている。丸藤の客の多くもこの笹紅だ。

そう言われてみたら、女たちの唇も笹紅のように見えた。

「でも――」

　里久の知っている笹紅ではなかった。

　そりゃそうだよと須万は言う。

「丸藤で扱うような上質の紅をたっぷりと塗り重ねないと、ほんとうの笹紅にはなりはしないよ」

　値の手ごろな紅をいくら塗り重ねても、玉虫色はなかなか出ないのだという。

「玉虫色を重ねての笹紅だからね。でもそうはいっても、誰でもうちのような紅がさせるわけじゃないだろ。それに紅は紅だからね。もったいなくてそんなにたくさん一度に使えやしないさ。でもやっぱり笹紅は女たちの憧れだ」

　どうにかして自分の唇を笹紅に彩りたい。

「で、あの手この手で似せるんだよ」

「似せる？　どうやって」

　里久は首をかしげる。

「下唇に墨(すみ)を塗るのさ」

「墨？　あの硯(すずり)でする墨かい」

「そうだよ。塗ったらそのうえから紅をさす。そうすると紅の深みが増したように見え、笹紅のように見えるって寸法さ」

里久が酉の市で見かけた女たちの中にも、この塗りかたをしている者がいたんだろうと須万は教える。

「おまえは丸藤の紅しか知らないからねえ。笹紅にしたってそうだ。だからなにか違うように思えたんだろうよ」

紅一匁金一匁――。

里久は店に立ちはじめたとき、番頭に教わった言葉を胸のうちで反芻した。

里久がいつも紅を刷いている猪口は一両だ。もうひと回り小さい猪口もあり、それは半分の二分。丸藤で売れている主力の品は、一両の紅猪口だ。

「いくら似せても、桃の唇を見たら紅の違いは一目瞭然さ。桃、おまえ、重ねているといっても、かるく三さしほどだろ」

「ええ、わたしは淡くさすほうが好みだから」

それでもこんなにも桃の唇は玉虫色に光っている。

「だからなおのこと、紅のよさがわかったんだろうねえ」

須万は得意げだ。

里久は娘たちの桃に向ける、あの熱い視線を思い出していた。

あれは単に桃の美しさに見惚れていたというわけではない。上質の紅への憧れの眼差しでもあったのだ。玉虫色に輝く紅をさしている桃をうらやましく思い、中には――。

なにさ、これみよがしに見せつけて……。

ぎゅっと唇を嚙みしめるお豊の唇もまた黒くくすんでいた。

「だからお豊さんはあんなにつれなかったのか」

「姉さん、やっぱりあのときなにか言われたのね」

桃はなにを言われたのよと里久に詰め寄る。

「そのう」

里久はおずおずとお豊とのやりとりを話した。

須万は苦笑する。

「そのお豊さんとやらは、清七さんのことを好きなんだろう。とんだおじゃまをしてしまったね。そのうえ紅の違いをまざまざと見せつけられたんじゃ、そりゃ腹も立つだろうよ」

「だからって、姉さんに剣突喰らわせなくったっていいじゃない。姉さんも言われっぱなしじゃなくて、言い返してやったらよかったのよ」

桃は自分が言われたようにぷんぷん怒る。

「わたしは友達になれなくて残念だったよ」

友達ですって！　と桃は里久に呆れる。

「わたしはごめんだわ」

「おまえも言うようになったねえ」

須万はやれやれと小さく首をふる。

「まあ、こんど会ったら謝っておくんだね」

須万は熱い茶に淹れかえながら、そういや、そろそろ寒紅の時季だねえ、と壁に貼ってある暦を眺めた。

里久がはじめて客にきかれたのも寒紅のことだった。すぐに手代から教わって、忘れないように帳面に記してある。

寒の入りの小寒から大寒の終わりまでを寒中という。一年でもっとも寒い時期で、このときつくった紅を寒紅といった。質がよく、腐りにくいため人気なのだ。

客のほうでもこの紅が出るのを今かいまかと待っている。だからこのごろでは紅はあまり売れず、里久も紅猪口塗りを控えていた。

「それはそうと、せっかく買ってきてくれたんだ。みんなでいただこうじゃないかえ」

須万が切山椒の包みを広げた。

「ええ、そうしましょう。ほら姉さんも紅の話はもうおしまい」

三人は拍子木形の餅菓子をひとつずつつまんで口にした。

「おっ、おいしいねえ」

切山椒はやわらかく、ほんのり甘く、その名のとおり微かに山椒の香りがした。

翌日は店の小座敷に花ではなく、昨日買った熊手を飾った。八つ頭も添えてみる。

「ほう、なかなかに風流ですな。さて、こちらも書きあがりました」

座敷でなにやら書いていた番頭が筆をおいた。

紙には墨痕鮮やかに「霜月十八日　寒紅」と書かれていた。達筆だ。

この日から寒の入りで、いよいよ寒紅を売りはじめるのだ。

「いつ見ても番頭さんの字はほれぼれするねえ」

「お嬢さんの書かれる字だって、味わいがございますよ」

「味わいねえ」

里久は墨を含んだ筆を手にした。

これを唇にか……。すんすん嗅ぐと、墨はいい香りがした。

「なにをされているんです。ささ、これを表に貼ってきてくださいまし」

「はあい」

外は今日も冷たい乾いた風が吹いていた。

「飛ばされないようしっかり押さえていておくれよ」

長吉に手伝ってもらい、里久は糊を塗って貼っていく。ほら寒紅ですって。とおりすがりの娘たちが足をとめて囁く。

「丸藤の寒紅かあ。憧れよねえ」

「あら、おっ母さんにお願いしてみたら」

「だめよ、値を知ったら目玉が飛び出ちゃうわよ。今年もせいぜい両国の床見世の小間物屋よ」

そうよねえ、と娘たちは笑いながら遠ざかっていった。

「やっぱりうちの紅は高価なんだよねえ」

里久は紅を刷く机に頬杖ついて、右手に掲げた紅猪口をじっと見つめた。

猪口といっても小ぶりな湯呑みほどの大きさだ。白地に赤い菊の花がにぎやかに描かれている色絵の陶器だ。内側は深い緑の玉虫色が眩しいぐらいに光っている。

須万に教えてもらったが、紅は刷いてある容器でも格がわかるらしく、高価な順でいうと、色絵、染付け、型押の焼き物なのだそうだ。

「さっきの娘さんたちのことを気にされていなさるんですか」

うしろの柱にも寒紅を報せる紙を貼っていた長吉が、里久に振り返った。

「見てのとおりうちは極上品ですからね。そのぶん値も張ります。このごろはお嬢さんのおかげで丸藤もお客の層は広がりましたが、紅を求めていかれるのは、変わらず昔からのお得意さままでございます。寒紅だってほら」

長吉は両手が塞がっているから、帳場のほうへあごを突き出した。

帳場格子の外に手代頭の惣介が膝をつき、五、十となにやら数を読みあげている。それを番頭がちくいち帳面に記していた。

「あれは、手代頭さんが外回りで注文を受けてこられた寒紅の数ですよ」

裕福な武家のお屋敷や大店の家では、持ちも質もよい寒紅で一年分の紅を買うことも多いのだと長吉は話す。惣介の声はまだまだつづく。

「す、すごいね」

たったひとつに手が出ない者もいる一方で、一年分を買ってしまう者がいる。

「たくさん売れるのはうれしいけど、なんだかちょっとやりきれないねえ」

客には丸藤の品を喜んで買ってもらっていると思っていたが、それは丸藤の品の中から客自身が己の身の丈にあった品を選んでのことだ。

「懐具合と相談して買い物をするのは当たり前のことだけど、できることなら町家の娘さんやおかみさんにも丸藤の紅をさしてもらいたいよ」

里久から深いため息がもれる。

そこへ客を送り出した手代の吉蔵が、どうかなさいましたかと寄ってきた。

「もっとたくさんのひとにうちの紅を使ってもらいたいもんだと話していたんだよ。高いだろ、うちの紅」

里久は「そうだ」と手代に身を乗り出した。

「手代さん、寒紅の時分だけうちの紅を手にとりやすくできないかな」

みんなが待っている寒紅。紅がいちばん売れる時季だ。どうにかして丸藤の紅を大勢の女の手に届けられないものか。

「それは値を下げるってことでございますか」

里久はうなずいた。

「それは無理でございます」

手代はあっさりと答える。

「おっしゃるとおり、寒紅は一年のうちでいちばん売れます。その額は相当なものです」

もし値引きをすれば、引いたぶんの額もまたかなりの額になると手代は言う。

「それに旦那さまのお考えで、これでもほかの店と比べて値は抑えてあるほうなのでございます。値引きすれば儲けがなくなります」

「そうかぁ。そうなんだぁ……」

里久は紅猪口の玉虫色を見つめる。

でも、もし安くできたらいいな。

里久は酉の市に来ていた女たちの唇が丸藤の紅で彩られている姿を夢想する。

なにか方法はないものか。

になる。

牡蠣の殻を焼いて粉にしたものが売られていて、これを髪の油でとくと、あかぎれの薬

「お民、痛いかい」

民の指のぱっくりと開いたあかぎれの傷に、里久は薬を塗ってやる。

「お嬢さんにこんなことをさせてしまって。それに彦作さんにまで」

彦作は、民のかわりに青菜を水で洗っている。

「なあに、もっとわしにできることがあったら言ってくださいのう」

民は申し訳ございませんと謝りながら、ときどき「痛っ」と顔をしかめる。

「前は水仕事をしていても肌が水を弾いたものですのに、それが年々手はかさついて、いまじゃあ、あかぎれだらけ。まったく、年をとるのはいやでございます」

「薬屋の手代さんが教えてくれたけど、濡れたままにしておくのはよくないんだって。でも台所仕事してたら乾く暇なんてないよね。働き者の手だってことだよ」

「そうじゃそうじゃ」

彦作は手馴れた様子で青菜を切ってゆく。

「長吉どんも、しもやけがつらそうじゃ」

長吉の足の指は赤く腫れ、振る舞い茶を運ぶのもつらそうだ。

「山芋をすりおろして塗ったんですけどねえ」

民はしもやけに効くと聞いたという。だが一向によくならないとぼやく。

「あれは大人になったらだいぶましになるもんじゃがのう」

それよりお嬢さん、と彦作は上目づかいで里久をちらと見た。

「お嬢さんもこのごろ店におんなさるとき、なんだかせつなそうじゃあ」

里久はちょっとびっくりした。

「彦爺はよく見ているねえ」

「なにかあったんでございますか」

とたんに民が心配して里久の顔をのぞきこむ。

店内に寒紅の紙が貼られて二日。町家のおかみさんや娘たちが眩しそうに、そして寂しそうに貼り紙を眺める。その姿を見ていて、里久は少しつらかった。

「なんだか申し訳なくってね」

「お嬢さん……それは仕方のないことでございますよ」

丸藤の紅の価値を知っている民は、里久をなぐさめる。

「そうだよね、仕方ないよね。さあ、そろそろ店に行くよ。正月の注文の品を取りにやってくるお客も多いしね。長吉を手伝って振る舞い茶を出してくるよ」

里久は民の指に細布を巻いてそっと結んだ。

里久は店へ出た。夕刻にはまだ少し間がある時刻で、店内にはちらほら客の姿があった。どこぞの内儀ができあがってきた注文の品に満足して、やっぱり丸藤さんに頼んでよかったと声高に話している。相手をしている手代頭が職人も喜びましょうと応えている。清七のつくったものかもしれない。長吉はどこかと見回せば、客に出ていた。座敷端に浅く腰かけ、艶冶な笑みをたたえている客は、柳橋の売れっ妓芸者の亀千代だった。

「亀千代姐さん」

里久は板の間をすり足で急ぎ、三つ指ついて「お寒い中ようお出でくださいました」と番頭仕込みの挨拶で出迎えた。

「姐さん、また今日は一段とおきれいで」

亀千代はお座敷の出で立ちだった。黒紋付の裾模様には金糸銀糸で幾匹もの亀の刺繍がある。帯も亀甲文様と亀尽くし。髪には鼈甲の簪に、鶴が描かれた蒔絵の櫛だ。化粧も艶やかで、唇はふんだんに丸藤の紅を重ねた笹紅だ。まるで紅猪口の色をそのままのせたよう。里久はうっとり顔で亀千代の美しさに、ほう、と吐息をついた。

「おかたじけ。今夜のお座敷は鰹節問屋のご隠居さんの喜寿のお祝いなんですよ」

鶴は千年、亀は万年。めでたさと、ますますの長寿を願う装いに、里久はぽんっと手を打つ。亀千代の装いは、芸者としての粋としゃれ、それに心からの寿ぎであふれていた。

「だけど、そんな大事なお座敷の前に、ちょいとうっかりをしちまいましてね」

亀千代は手にしていた懐中袋から、二寸（約六センチ）ほどの小さな真四角の箱を取り出した。小さいばかりか厚みもなく、箱というよりは板といったほうがよいほどだ。

「なんです？」

里久はついっと身を乗り出した。

「おや、里久お嬢さんはご存じありませんか。これは板紅と言いましてね」

亀千代が板紅と呼んだ箱は、蓋に蒔絵で亀の意匠がほどこされている。その蓋をぱかりと開けると中には漆が塗られていて、かすかに赤い色が残っていた。

「これは紅……」

「ええ、化粧直しの道具なんでございますよ。紅猪口をいちいち外に持ってもいけませんでしょ。だから外出のときはもっぱらこれ。お座敷の合間の化粧直しに重宝なんでございますよ。でもさっき確かめたらすっかりなくなっちまっていて」

とんだへまをしたと首をすくめる亀千代をよそに、里久はじっと板紅に見入った。

亀千代は、刷いてくださいましなと板紅を差し出す。振る舞い茶を運んできた長吉が、

「うちではお得意さまにだけ、こうやってお分けしているのですよ」

と、茶を出した手で受けとって、隅の机で慣れた手つきで板に紅を刷いてゆく。

「ここの小僧さんが淹れてくれるお茶はほんにおいしいこと」

亀千代は湯気が立ちのぼる茶碗でかじかんだ手を温めながら、茶をすする。

――板紅。

　こんなものがあったなんて。里久は驚きだ。それにこんな紅の買いかたがあったなんて。

　しかしよく考えてみれば、酒や油のように量り売りをする品物もあるのだ。紅にだって紅猪口以外の売りかたがあってもなんら不思議はない。

「でも……」

　紅をさすのにひとつ足りないものがあった。

「あの、紅筆（べにふで）は？」

「ああ、それはですね」

　亀千代はこうするんでございますよ、と温まって赤みを帯びた薬指を一本立て、紅をひく真似（まね）をした。

「へえ、指で」

「ですからこの指を紅さし指って呼ぶんでございますよ」

　そんなことを話している間に長吉が戻ってきた。

「亀千代姐さんお待たせしました。たっぷり刷いておきました」

　長吉は亀千代に中を確認させ、蓋をそっと閉じた。

「おかたじけ。おいくらだい」

「へい、では」

長吉が告げた値に、里久はまた驚く。

丸藤の紅だ。それなりの値はするが、紅猪口を買うことを思えばずいぶん安い。

亀千代は、さあ、いいお座敷にしなくっちゃ、と店から出ていった。

「ありがとうございました。またのおこしをお待ちしております」

亀千代を見送る里久の体を興奮が駆け巡った。

これなら――。

頭の中で里久はもう、丸藤の寒紅を板紅でお客に手渡している。おやまあ、板紅で売ってくれるのかい。うれしいよう。そんなお客の声まで聞こえてくる。

いいね。うん、すごくいいよ。すぐにお父（と）っつぁまに相談だ。

里久は奥へと走った。が、白粉につける肩掛けの案を練ったときのことを思い出し、台所の前の廊下で足をとめた。あのとき、いくらで売るかまで考えてはじめて商いなのだと藤兵衛に教わった。そうだ。どういう板紅にするか、まずそこからだ。

里久は逸（はや）る気持ちをぐっと抑えた。よし、化粧のことならまず桃に相談だ。

ちょうど台所から桃の声が聞こえた。のぞくと桃が民から火鉢の炭をもらっているところだった。

「桃、桃っ！」

# 第二章　紅さし指

「桃、桃っ！」

興奮して台所に入ってきた姉を見て、桃ははっとした。

こういうときは決まって面倒なことに巻きこまれる。目をきらきらさせながら近づいてくる里久に、桃はすぐさま「巻きこまないでね」と先手を打った。

「まだなにも話してないじゃないか。まあ聞いておくれよ」

里久はおかまいなしにどんどんしゃべる。

桃は聞いて仰天(ぎょうてん)した。「丸藤」の紅を寒紅(かんべに)のときだけでも板紅(いたべに)で売れないかと言うのだ。

さっき店にやってきた亀千代の板紅を見て閃(ひらめ)いたのだと、口早にまくしたてている。

「店で板紅を揃(そろ)えるのさ。そこに丸藤の寒紅を刷(は)いて売るんだよ。これなら値をぐっと抑えられて町家のおかみさんや娘さんにも手にとってもらいやすいだろ」

だからどんな板紅にすればいいか、一緒に考えてくれと請う。

西の市から戻ってきてからどうも様子がおかしいと思っていたら、姉がそんなことを考えていたなんて。民は知っていたようで、それはようございますと手放しで喜んでいる。

「わたしも板紅なら持っているけど……」

桃は部屋から板紅を持って、台所へ取って返した。

「ほらこれよ」

桃の板紅は金だ。百人一首の札ほどの大きさで、片側が蝶番になっている。蓋には秋の草花の意匠がほどこされている。

「豪華だねえ。揃えるのはもっと簡素なものでなくっちゃね」

値を下げるのだからそうなるが、簡素と言われても困ってしまう。

「お園ちゃんは象牙の板紅だし」

桃の友達の乾物問屋の娘である。

「でも姉さん、寒の入りまでもう日がないわよ。あと五日ほどよね。金にしたって、木の材にしたって、売るとなると数もいるし、無理なんじゃない」

そうなんだよねえ、と里久は腕を組む。

「なにかいい案はないかい」

桃は首をふる。わたしなら諦めるわ。でも姉さんは——。

「じゃあ明日一緒に行ってほしいところがあるんだよ」

ほら、諦めない。

次の日である。里久と桃は西の市に出かけた装いで両国の広小路に立った。

「丸藤の前をとおりかかった娘さんたちがね、両国の床見世で寒紅を買うって話していたんだよ」

里久は小間物といえば丸藤の品しか見たことがない。ほかの店ではどんなものがあるか見てみたかったという。番頭にもうまく言って休みをもらったようだ。供についてきてくれた民に、広小路は夏の藪入りで屋台の天ぷらを食べて以来だよと笑っている。

桃は室町あたりの小間物屋をときどきのぞくが、そこだって丸藤とはいかないまでも、なかなかの高級品を扱っている店だ。こういう場所の小間物屋は桃だってはじめてだ。

冷たい川風が吹きすさぶというのに、広小路は人出も多くにぎやかだ。食べ物の屋台見世がいたるところに出ていて、いい匂いを漂わせている。見世物小屋や芝居小屋の客引きの口上に合わせて太鼓が鳴る。客たちも寒さなんてなんのその、あっちこっちをひやかしている。小間物屋はと見れば、床見世もあれば、振り売りの者までいる。里久はさっそくあちこちの見世をのぞきはじめた。

「やっぱり紅猪口で売られているものが多いね」

とはいっても酒を呑む猪口のような小ぶりなものが大半だ。刷いてある紅も玉虫色にはほど遠く、いい紅とはとてもいえない。値は——十六文、二十四文。やだ嘘、なによこれ。桃は出そうになる言葉をぐっと飲みこんだ。こんな紅が売られているの？　丸藤の紅とのあまりの違いに愕然とする。

「こういうのを見ると、うちの紅がいかに質のいいものかわかるよね。器も大きくて、たっぷり刷いてある。一両って値も法外でないってことがわかるよ。たまにはよその品を見るのもためになるね」

里久が見世先で無邪気に言う。

と、中から男が出てきて、ぎろりと睨んだ。桃と民は青ざめ、里久の袖を引くと急いで見世から離れた。

「もう、思ったことをぽんぽん口に出すんだから」

桃は怒る。

「まったくでございますよ」

民もひやひやしたと胸に手をあて大きく息をする。

「ごめんごめん。あっ、ほらあそこの小間物屋はどうだい。きれいだよ」

里久は懲りずにまた別の見世へと飛んでゆく。そのうしろを桃と民はよろよろとついていく。

そこの見世は紅猪口のほかに、紅が刷かれた板紅もいろいろ取り揃えてあった。亀千代が持っていたという薄い木箱の板紅もある。花や鞠のかわいらしい絵が描かれている。大きさもまちまちで、懐中袋に入るようお守り袋ほどの大きさのものが多い。

「ねえ桃、見てごらん。ほら」

里久が吸い寄せられるように、木の板紅の横に並べられている板紅を手にした。

「これは紙でできているよ」

厚紙でできた板紅だった。二枚の厚紙を化粧紙に貼り付けて、二つ折りになるようなつくりだ。表には草花が描かれていた。中は漆まで塗られている。

「そうか、紙でもできるんだ……うん、すてきだね。これならそんなに日にちをかけずに数をつくれるんじゃないかな」

里久の顔がぱあっと輝き、目の光が強くなる。

「姉さん、まさか丸藤の紅を紙の板紅で売るつもりなの」

桃には信じられない。

「町の小間物屋や、こういった見世ならいいわよ。でもうちは丸藤なのよ。お父っつぁま、いいえ、番頭さんがきっと許さないわ」

丸藤の格を守ることをなにより大事にする番頭だ。糠袋が商品になると言ったときも「この丸藤で糠を売るなぞ」と反対し、洗い粉のおまけで落ち着いた。板紅を紙でつくるだなんて言えば、難色を示すどころの騒ぎじゃない。卒倒するだろう。

「だから番頭さんにも納得してもらえるようなものを考えるんだよ」

力を貸しておくれよと姉は妹に頼む。

「桃お嬢さん、民からもお願いいたします」

民が桃に頭を下げる。

「お民まで」

桃はふう、と息をつく。

姉さんはこういうひとだった。こうと決めたらまっすぐ突き進む。わたしにはない強さを持っている。

「見本にその板紅をひとつ買っておいたほうがいいんじゃない」

結局はいつもこうなってしまう。

「桃っ、ありがとう。うん、そうだね。さすが桃だ」

里久は「これくださいなあ」と見世へ入ってゆく。

姉の背を眺めながら、桃は民に囁く。

「ねえ、お民。姉さんみたいなのを猪突猛進って言うんだわよね」

民がぷっと噴き出した。

里久は帰ってからも桃と一緒に板紅の案を練った。

「ねえ桃、いくらぐらいがいいと思う」

「さあ、手にとりやすくでしょう。一分……とか」

一分は一両の四分の一である。

「丸藤の紅猪口が一両だから、板紅はその四分の一の値で買えるってことか」

「そう考えると、うんとお手ごろね。でも一分でどれぐらい刷けるのかしら。姉さん、そもそもひと刷けいくらなの？」

いつも紅猪口に刷いているのに、里久はそんなことすら知らない。

「そっか。ああ、肝心なことを忘れていたよ。待ってて、長吉にきいてくる」

里久は急いで店へ向かった。

内暖簾(うちのれん)から顔をのぞかせ、長吉はどこかと店内を見回した。長吉は帳場(ちょうば)の横で番頭と話している女に茶を出しているところだった。うしろ姿だが若い娘だ。お客かと思ったが、どうもそうではないらしく、番頭はわざわざご苦労さまでしたと礼を言っている。

番頭がこっちに気づき「お嬢さん、お戻りでしたか」と声をかけてきた。「今日は勝手してごめんよ」と謝ったら、娘がこっちに振り向いた。その顔に里久は見覚えがあった。

「お豊さん」

お知り合いでございましたかと驚く番頭に、里久は酉の市で清七さんのお連れだったんだよと話した。

「ああ、なるほど。いまも手の離せない清七さんにかわって、できあがった簪をわざわざ届けに来てくださったのですよ」

お豊は品物を包んでいた風呂敷を手早く畳み、それではお暇しますと、そそくさと下駄を履いた。

「清七さんに、今回もよい品ばかりで番頭が喜んでいたと伝えてくださいな」

お豊は番頭に一礼して店から出ていった。里久はあわててあとを追いかける。

「お豊さん待って。待ってったら」

「もう、なによ」

お豊は蠟燭問屋をとおり過ぎたところで、ようやく立ちどまって振り返った。

「この前のことで文句でも言いに来たの」

相変わらず里久にきつい目を向ける。

「そうじゃないよ。謝りたくて」

「謝る？」

「そう。せっかくの清七さんとの酉の市をじゃましちゃったから。好いたひととの楽しみを奪われたら、そりゃ怒るよね」

お豊は顔を真っ赤にする。

「あんた、よくそんな恥ずかしいことをずばずば言えるわね」

「あっ、ごめんよ」

「いいわよべつに。……あんたは――」

そうじゃないの？　清七さんのこと好きじゃないの？

ちょうど横を大八車（だいはちぐるま）がとおり過ぎ、お豊の言葉を里久は聞きとれなかった。

「えっ、なんだい」

「いいわよ。なんでもないわ」

じゃあ、と帰ろうとするお豊を、里久はふたたび引きとめた。

「まだなにかあるの？」

うんざり顔のお豊に、里久はにっとする。

「あのね、今度うちの寒紅を板紅で売れないかって考えているんだよ。あ、でも、まだわたしが勝手に思っているだけ。内緒だよ」

内緒と言いながら、こんなわくわくした思いつきを誰かに話したい里久である。

「みんなに丸藤の寒紅を手にとってもらいやすいように、ぐっと値をおさえてね。できたらお豊さんも買ってくれるかい」

お豊の目が小さくきらりと光った。

「いくらなの」

「まだ思案中なんだけど、一分でどうかなって妹と話しているんだよ」

お豊はあからさまに口をゆがめた。

「高い……かい？」

「高い？　じゃあここらで働いている女中に買ってくれって言える？」

里久は夜の屋台の蕎麦屋で、一杯の熱い蕎麦を幸せそうにすすっていた近所のお店の者たちのことを思い出した。女中の給金は年三両ほどだ。紙問屋で奉公している三津は、眉墨を買えないからと消し炭で眉を描いていた。

「あんたたち金持ちが言うみんなって、あら一分、お安いわって飛びつける、所詮そんな者たちのことを言うのよね」

冷たい空っ風が吹き抜けていった。なのに里久の全身からじわりと汗が噴き出す。恥ずかしかった。

「教えておくれ。いくらなら女中さんたちは買えるんだろ」

「そんなこと自分で考えなさいよ」

「そうだね、そのとおりだ……」

思いばかりで先走ってしまう。自分のだめなところ。里久もわかっているのだが――。

しゅんとする里久に、お豊は「ちょっとぉ、なんだかあたしが意地悪を言ってるみたいじゃない」とたじろぎ、

「まったく、しょうがないわね。そうねぇ……二百文なら買ってあげてもいいわ」

と答えた。

「二百文……」

さっき両国広小路で買った板紅が二百文だった。そのことをお豊に話すと、あそこなら高いほうだわと言った。

「でもなんたって丸藤の紅ですものね。それを二百文で売るだなんて無理な話よね」

もしそんな板紅がほんとうにできたら喜んで買うわ。どうせできないだろうけど、とお豊は皮肉っぽく笑い、伊勢町河岸通りへ歩いていってしまった。


「二百文！」

里久が部屋に戻り、お豊から聞いた値を桃に告げたら、桃は普段の桃からは聞いたことのない金切り声をあげた。

「無理に決まっているじゃない。あのひと酉の市の意趣返しをしたんだわ」と息巻く。

里久は、いいや、と首をふった。

「お豊さんの言ったことは至極もっともなことだよ。女中さんたちをいれてこそのみんなだとわたしも思うんだ。ううん、女中さんにこそ丸藤の紅を手にとってもらいたいよ」

「姉さん、それでひと刷けいくらだったの」

「それが……」

長吉にこっそりきいたら、

――よく紅はひとさし三十文と申します。丸藤の紅もそんなところですから、ひと刷けですと――。

唇にひとぬりの量が三十文ということだ。ひと刷けなら――。

長吉の口から出る値が恐ろしく、里久は話を最後まで聞かずに奥へ引っこんでしまった。

途中台所の民に二百文の価値をきけば、「高級な料理屋の蒲焼(かばやき)ひと皿がそれぐらいでございますかねえ」と教えてくれた。

そう考えたら二百文だって高いぐらいだ。

「じゃあ、たった六さしじゃない。ううん、器にする板紅の掛かりもいるから……」

桃はすぐさま頭の中で算段する。

「おっ、さすが桃だ」

「んもう、そんな呑気(のんき)なこと言ってる場合じゃないでしょ」

桃は唇を尖(とが)らせる。

「ねえ、やっぱり無理よ。二百文だなんて。うちの寒紅はいまのままでいいじゃない。そりゃあ姉さんの言う、みんなには買えない。寂しく思うひともいるかもしれないけど、でも困ったりはしないわ」

桃は諦めかけている。

「桃、その唇……」

いつもの桃の唇の色ではなかった。赤い紅に黄緑がうっすらと光るほど。酉の市で見かけた女たちの紅の色とよく似ていた。

「ああ、これ？　さっき姉さんが広小路で買った紅をつけてみたのよ」

「こんなに違うものなんだね……」

民はあかぎれだらけの手をなでながらこうも言っていた。

――女にとって寒紅はとくべつなもの。それは女中だとて変わりません。こつこつ貯めた銭で少しでもよい紅をと買うのでございますよ。それも冬のつらい奉公の中での楽しみのひとつでございます。

里久の腹は決まった。

「よし、二百文でいくよ」

「姉さんっ」

桃が里久に取り縋る。桃の細い指がひんやり冷たい。

「桃、正直いうとね、わたしも刷ける紅の少なさに声が出なかったよ。でも桃のいまの唇を見て、心からみんなにうちの紅を届けたいと思ったよ。どんなに少なくても、丸藤の紅だもの、喜んでくれるよ」

「でも……お父っつぁまと番頭さんがなんて言うか」

「よし、値も決めたことだし、今夜にでも相談しよう」

　その夜のこと。里久と桃があるじ部屋へ行くと、藤兵衛と番頭は帳面を繰りながら今日の売り上げをあわせていた。

「おや、お嬢さん方おそろいで」

　番頭は火鉢のそばを娘たちのためにあけた。

「ちょうどよかった。番頭さんにも聞いてほしかったんだよ」

「はて、なんでございましょう」

　里久は桃と並んで座ると、父の藤兵衛と番頭に板紅で丸藤の寒紅を売りたいと自分の考えを打ち明けた。

「紙の板紅……それも二百文で」

　藤兵衛と番頭は、驚きのあまり二の句がつげないでいる。

「裕福なお客だけじゃなく、町家のおかみさんや娘さん、女中さんたちにだってうちの紅を手にとってもらいたいんだよ」

　里久は酉の市でのことを藤兵衛に話した。桃と女たちの、紅をさした唇の色の違い。桃の玉虫色の唇を見つめる女たちの熱い眼差し。紅猪口では値を下げることは難しいが、板紅ならそれができるのではないか。里久はふたりに思いのたけを熱弁する。

「こっちこそが本物だ、良いものだって言いたいわけじゃないよ」

唇に墨を塗る——きれいになりたい。少しでもよいものと同じように見せたい。その思いと工夫に里久は感心し、感動すらおぼえた。

ほんとうの笹紅ではないけれど、女たちの誰もが堂々としていた。あれが女たちの笹紅なのだ。しかしあの眼差しは語っていた。それでもよい紅への憧れは尽きない——と。

女にとって紅はそれだけとくべつなもの。

もし彼女たちが丸藤の紅をさせたなら——。

「桃みたいな玉虫色になれたなら、みんなどんなにうれしがることだろう」

里久はその顔を見てみたい。

「ね、どうだろう。いい考えだと思うんだけど」

「反対でございます。丸藤がそんな——」

異を唱えたのは藤兵衛ではなく、やはり番頭だった。

「刷ける紅などびびたるものではございませんか。それをはたして町家のおかみさんや娘さん方がお求めになりましょうか」

いくら安くても、同じ値の紅があれば量の多いほうをひとは選ぶと番頭は言う。

「どんなに少なくても、いちど試してもらえれば違いはわかるというもんだよ。……そうだよ、これはお試し品なんだよ」

　極上の紅を試してもらう。すぐになくなってしまうけど。

「いつもは手ごろな紅を使っていても、大事な日にはあの紅を、と思ってくれるはずだよ」

　暮らしぶりに余裕ができれば、憧れていたものに手はのびる。そのとき丸藤の紅を思い出して、今度は紅猪口をと思ってもらえたらと、里久の思いはまたひとつ増す。

「そうね、そうかもしれない。ほら、青物問屋のご隠居さまのように」

　桃は丸藤のお得意さまである女隠居を持ち出す。

　棒手振りからはじめた青物屋を大店にまでしたやり手だが、若いころ憧れていたびらびら簪を買い求め、夢が叶ったと喜んでくれたのがこの秋口だった。

「手にとりやすい値で丸藤の紅のよさを知ってもらい、のちのちのお客さまになってもらうということでございますか」

　番頭はつぶやく。

「それはあくまでそうなったらいいなってこと。でもね番頭さん、たくさんの女たちが丸藤の紅をさして笑っているのを想像してみてごらんよ。なんだか幸せじゃないか」

　里久はうっとりだ。

　番頭は険しい顔のまま目を閉じる。

それまで腕を組んで里久の話を聞いていた藤兵衛が、その腕をといた。

「ひと晩考えさせておくれ」

里久と桃は手をつき、深く頭を下げた。

「どうぞよろしくお願いします」

娘たちの足音が遠のいていくのを聞きながら、藤兵衛は可笑しそうに含み笑いをもらした。

「夕餉のふたりの様子でこれはなにかあるなと思ってはいたが、いやはや板紅とはね」

「ほかの小間物屋の品を見たいとおっしゃっていたのはこのためでしたか」

しかし考えるとおっしゃいましても旦那さま、と番頭は不満と不安を隠さない。

「里久お嬢さんのお気持ちはわかります。しかしそもそも寒紅はよく売れるのでございます。紅にまでお客さまの幅を広げなくてもよくはありませんか。いままでどおりのお客さまに買っていただけたら、それでよろしいではございませんか。なにも危険を冒してまで……結局うまくできず大金を捨てることになるやもしれません」

「そうだねえ」

藤兵衛はしばらく黙りこんだ。火鉢の鉄瓶の湯が高く鳴る音だけが部屋を満たしてゆく。

ややあって、「なあ番頭さん」と藤兵衛は口を開いた。

「どうだい、やってみようじゃないか」

「旦那さま、いくらお嬢さん方の願いでもこればかりは」

番頭はなおも反対する。

「まあ聞いておくれ」

藤兵衛は番頭を手招きし、自分と近い火鉢のそばへ座らせた。

「いま丸藤の商いは順調だ。おまえのおかげだよ」

実直で誠実なこの老番頭がいてくれての丸藤といっても過言ではない。この男の下で奉公人たちも商人としての腕をめきめきとあげている。

感謝していますよと礼を言う藤兵衛に、番頭はとんでもございませんと白髪まじりの頭をふり、恐縮する。

「ものが紅だ。おまえの言うように下手をしたら大損するやもしれん。だがいまの丸藤なら、たとえそうなったとしても軽い傷ですむ。わたしはね、里久に挑戦させてやりたいんだよ。商いを教えてやりたいんだ。それに、もしこれがうまくゆけば、のちのち丸藤を助けてくれる品になるやもしれん」

「丸藤を助ける？」番頭は怪訝な顔をする。

「どういうことでございます。くわしくお聞かせくださいまし」

「前のお上のご改革をおまえは憶えているかい。もうずいぶん昔のことだが」

「もちろんでございますとも」

ご改革と聞いて、番頭は少し丸まった背筋をすっとのばした。

これに伴っての御沙汰はいろいろある。中でも丸藤に関わるものは奢侈禁令の沙汰だ。

このお触れはときどき出るのだが、ご改革として出される禁令は重さが違う。

櫛、笄、簪の類は、金はもちろん銀や鼈甲細工などをほどこした高値の品は禁止となり、櫛などは値の上限まで決められていた。小間物商だけではない。呉服、ひな人形、キセル——。贅を尽くした品を商うのも、またそれを身につけるのも禁じられ、お触れを破った店や者はお咎めをうけた。

「小僧から手代になって、それからもまだつづきましたから」

ご改革は八年ほどの間つづいた。

「長くつらい時期でございました。身を飾るものがめっきり売れなくなったのはもちろん、紅さえ買い控えにあいましてねえ。あのころは女たちの化粧がみる間に薄くなっていったものでございます」

「そうだったねえ。わたしもまだ子どもだったが、毎日のようにお役人が見回りに来ていたことを憶えているよ」

「さようでございましたなあ。そのせいで、ますます客足が遠のきましてねえ」

いまは亡き大旦那さまと当時の番頭が夜なよな頭を抱えていらっしゃいましたと、いまと笑った。

の番頭は昔を思い出し、苦い表情を浮かべる。しかし番頭は目じりに皺をつくり、くすり

「それでも人はおしゃれをしたいものです。お上の目をかいくぐって、人目に見えぬところに凝りましてねえ」

着物の裏地をちりめんにしたり、丸藤でも贅沢な細工物の櫛や簪の注文を密かに引き受けていたという。

「そうだったねえ」

「おや、旦那さまもご存じでしたか」

「ああ、親父から聞いていましたよ。店や客のためでもあるが、職人のためだったと言っていましたよ」

「そうでございます。凝ったものを拵えなくなれば、とたんに職人の腕は落ちてしまいます」

番頭は、はっとあるじを見た。

「旦那さま、もしやまたあのようなご改革が出されるのでございますか」

いや、と藤兵衛は首をふった。

「そんな噂はどこからも聞こえてこない」

「さようでございますか」

ほっと胸をなでおろす番頭に、藤兵衛は、だがね、と声をひそめた。

「このまま、こんな時代がいつまでもつづくとは限らないさ。備えておくに越したことはない」

前のご改革は徐々にゆるんだが、世情がすぐに元に戻るわけもなく、厳しい風はさらに数年吹きつづいた。

紅猪口以外に、値も手ごろな板紅で紅を商っておけば、ご改革がまた出た折り、すぐさま板紅で対応できる。前のように買い控えするお客も減るのではないか。それ以上に、お役人もあれほど厳しい目を丸藤に向けないのではないかと、藤兵衛は考えるのである。

「里久にしたらお客の身になって考えた末にでた案なのだろうが、これからの丸藤を助ける品になってくれると思うのだよ」

番頭さん、と藤兵衛は強い眼差しを番頭に向ける。

「わたしはね、本気で里久をひとかどの商人に育ててあげたいと思っている。この丸藤を背負って立つのはあの娘だ。それに以前、おまえは言ってくれたね。桃もじゅうぶん商才があると」

よい縁談を断わった桃だ。

「桃お嬢さんは、これからいくらでもよいご縁に恵まれましょう」

「あれも当分嫁にはいかないと言っているのだよ」

それなら里久のように店に立たずとも、少しでも商いのいろはを仕込んでおきたいと、藤兵衛は思うのだ。

「なにかの助けになるやもしれん」

「旦那さまがそこまで商いや、お嬢さん方のことをお考えとは。わたくし心底安心いたしましてございます」

「じゃあ板紅のことも」

番頭はしっかりとうなずいた。

「はい、承知いたしました。まずは商品にしなくてはお話になりません。わたくしなりにお嬢さん方に商いの手ほどきをいたします」

「恩に着るよ。よろしく頼む」

「お任せくださいまし。しかし旦那さま、この大樹の『丸藤』に若葉が芽吹きましてございますなあ」

「ああ、大切に育てていこう。里久も桃も」

「はい、旦那さま」

しかし、と番頭はまた思案顔になる。

「寒の入りまであと五日でございますが」

「そこなんだがね」

その夜、あるじ部屋には遅くまで灯(あか)りがともっていた。

翌日である。

里久と桃は朝餉(あさげ)が終わるとすぐ、あるじ部屋へ呼ばれた。

番頭はすでにいて、藤兵衛のそばへ控えていた。

姉妹はふたりの正面へかしこまって座る。藤兵衛は娘たちに静かに告げた。

「板紅の件だがね、番頭さんと話しあった結果、やることにしたよ」

「ほんとうかい」

「姉さんやったわね」

里久と桃は手を取りあって喜んだ。

「やると決めたからにはうまくやり遂げたい。だから番頭さんと相談して、売り出す日をもっと遅くにした」

番頭があるじの話を引きついだ。

「急ぐとなにごともよくありません。それにお披露目(ひろめ)するのにもっとふさわしい日があるのではないかと」

「ふさわしい日?」

里久は首をひねる。

「たしかに寒紅は大勢のお客さまがお求めになられます。しかし寒中でもみなさんがこぞって紅を買われる日がございますでしょう」

「丑の日ね。丑紅だわ」

桃が華やかな声をあげ、

「そうでございます」

と番頭が胸をそらした。

「丑紅ってなんだい？」

里久は三人を見回す。

「そうね、姉さんはこれもはじめてだわね」

桃は丑紅のことを里久に教える。

丑紅とは、寒中の丑の日に売られる紅のことで、寒紅の中でもさらに人気なのだという。

これを求めて丑の日には、紅を扱う店前に夜明けから大勢のお客が並ぶ。

「同じ寒紅だから質がよいのはもちろんだけど、丑紅には口中の虫を退治したり、唇の荒れを防いだりと、いろんな効能があると信じられているのよ。それに人気の理由はもうひとつあるの」

「なんだい」

里久は桃ににじり寄る。

桃はふふっと伊勢町小町の微笑をこぼす。

「それはねぇ、この日に丑紅を買うと素焼きの小さな臥牛の置物がもらえるのよ」

「牛の置物？」

「そう。持ち帰った牛の置物を小さな座布団にのせて神棚に奉るのよ。そうすれば年中健康で、しかも美しくなれるっていう、いってみれば撫で牛信仰ね」

ほらあれよ、と桃はひょいと天井のほうを見上げた。

あるじ部屋の柱に奉ってある神棚に、赤い座布団に据えた小さな黒牛の置物があった。

「あれを毎年うちでは渡しているのよ」

この日に紅を売る店はどこも素焼きの牛をつけているのだという。そして客はこの牛と丑紅欲しさに買いに来るのだ。

「日ごろ紅をつけない女も丑紅は買うわ。みんなあやかりたいのね」

番頭も講釈する。

「丑と牛を結びつけて、紅屋が売り上げの向上を図ったのでございます。いつごろ、どこの紅屋がはじめたかは、もはや定かではございませんが、すっかり慣わしとなりまして、いまじゃあ寒中の丑の日が紅の売り出し日になっているのでございますよ」

「なるほどねえ。まるで『仙女香』のようだね」

里久は唸った。

丸藤で白粉が売れない時期があった。世間では猫も杓子も白粉といえば「仙女香」だった。白粉の薬としての効能と、仙女という売れっ子役者の名を結びつけた商法で人気に火がついたと知り、里久は心底感心したものだ。そして今度は紅の効能に信仰を結びつけてのやりかただ。考えついた商人の手腕のすごさに舌を巻く。でもそこで里久はふと疑問に思った。

商人の思惑だけで慣わしになるものだろうか――。

「縁起物だからじゃない？」

桃は酉の市の例をあげる。熊手に芋の八つ頭、簪とみんなが買い求めていた。

「でも紅はやっぱりいい値だよ。土産物を買うような――だからか」

里久ははっと藤兵衛を見た。

「ねえ、お父っつぁま、値が高くてなかなか買えない紅だからこそ、買い手のほうもなにか理由が欲しかったんじゃないかな。撫で牛信仰を持ち出した商人もうまいけど、よくよく考えたら、この商いのやりかたを女たちがうまく利用したんじゃないのかな」

丑紅の日だからと言えば、信仰もあることだし、そうそう反対はされまい。気兼ねすることなく、それどころか堂々と紅が買える。

「だからお父っつぁまはこの日に板紅を売ったらいいと」

藤兵衛はにやりと笑った。

「ああ、丑の日にだけ売る、みんなの無病息災を祈り、感謝を込めたお試し品だ」

丑の日だけ商うなら数を決めやすい。日にちもあと十日ほどあるし、なんとか間に合うだろうとつけ足す。

「なるほどねえ」

わあ、と湧き立つふたりに、

「ここからが肝心なのでございますよ」

番頭がぴしゃりと言った。

「番頭さんの言うとおりだ。ここからが肝心。いや難しいといっていい」

藤兵衛は化粧の品は中身はもちろんのこと、容器も重要なんだと娘たちに説いた。

「上質な品、それにふさわしい器があって、はじめて商品といえるんだ。丸藤の紅といえば、白地に菊模様の色絵の陶器だ。この器だけで、おやあそこの紅だねとわかる」

ここまで世間に知られるようになったのは、長い刻と代々の当主や奉公人たちの苦労の賜物だと、藤兵衛は語る。

「板紅をどんなものにするかは大切なことだ。粗末なものでは品格を落とす。不思議なもので紅の質まで落ちたように見えてしまう。下手をすると紅猪口でいままで築き上げたものが台無しになる恐れだってある。だから番頭さんは最初反対したのさ」

「でもお父っつぁま、板紅を凝ったものにすれば、値は高くなる。板紅にした甲斐がない」

「そのとおりだ」

　商いの難しいところだと藤兵衛は里久を見据えた。

「お試し品といっても大事な品だ。そのことをよくよく肝に銘じて、おまえたちふたりには丸藤の格にふさわしい板紅を考えてもらう。うちで商品として出せるものは番頭さんが認めたものだけだ。わかったね」

「わかったよ」

　里久は大きくうなずいた。しかし顔は強張(こわば)ってゆく。

　桃は膝(ひざ)に重ねた手を小さく震わせている。

# 第三章　丸藤の板紅

「姉さん、わたしなんだか怖いわ」

部屋の障子を閉めたとたん、桃は両腕を抱くようにして自分の体をさすった。

里久だって怖くないといえば嘘になる。しかし板紅が品になる、みんなに届けられる。そのうれしさのほうが勝っていた。

「大丈夫。ふたりで知恵をしぼればなんだってできるよ」

里久は桃を励まし、自分も奮い立たせる。

「番頭さんがひとつの板紅に刷ける紅をわけてくれるから、それで大きさを考えていこう」

そうさ、無病息災の祈りと感謝を込めたお試し品の紅をつくるんだ。必ず「丸藤」にふさわしい、すてきな板紅をつくってみせる。

「わかったわ、姉さん」

よし、とふたりは気合いを入れた。

しかし思いが強ければ強いほど、形にすることは難しかった。

二百文という売り値が、よい板紅にするための手順のひとつの足かせとなった。

それでも形にしないと前へはすすめない。翌日の大戸をおろしたあとの店の板の間で、里久は桃と考えた板紅の試作品を番頭の手に渡した。

「ほう」

番頭は目をみはる。

「ちょっとみんな集まってくれるかい」

番頭はほかの奉公人たちを集め、丑紅(うしべに)を板紅で商うことをみんなに報(しら)せた。

「板紅で……しかも二百文でですか」

奉公人たちは、紙の板紅にも、値にもびっくりだ。

「それで、これがお嬢さん方がお考えになった板紅でございますか」

奉公人たちは百目蠟燭(ひゃくめろうそく)の灯(あか)りのもと、番頭の手のひらにのった試作品を取り囲んだ。

厚紙を二つ折りにした縦が二寸(約六センチ)、横が七分(約二センチ)ほどの縦長のもので、表には化粧紙の千代紙が貼(は)られていた。糸が一本垂れ下がり、その先に黒い丸いものがついている。

「やけに小さくありませんか」

手代頭（てだいがしら）の惣介が番頭の手から失礼しますと試作品をとり、眺めたあとほかの奉公人へ回してゆく。手代の吉蔵もそうですねえ、と板紅を目の高さに掲げてみせる。

「板状でしたら、もうひと回り、いやもっと大きなものが大半でございますが」

「それだと紅の刷く量も多くなるから値が高くなるだろ。刷ける量は紅化粧を一、二度できるほどだからね。それにこれだと帯に挟んでもじゃまにならないだろ」

みなが懐中袋に入れるわけではない。あまり大きいと帯に挟んで動いている間に折れてしまう。そうならないようにと、里久はみんなに説明する。

「お嬢さん、これはなんです」

長吉は手代から回ってきた板紅の、黒い丸いものを揺らした。

「丑紅だし、素焼きの牛をつけられないかと思って」

かわいらしいですね、いいじゃないですかと奉公人たちは頬（ほお）をゆるめる。しかし里久は、

「でもだめなんだよ。これはつくれないんだ」

と肩を落とした。

「お嬢さん、それはどうしてか、みなにお話しくださいませ」

番頭は里久をうながす。

里久は長吉の手から試作品をとり、二つ折りを広げた。

「紅のためにこの内側の両面に漆を塗らないといけないんだ。でもそうすると、ほかに手をほとんど加えられなくなるんだよ」

紅は日光を嫌う。光を遮る役目にどうしても漆はいるのだ。

「なるほど。漆でございますか……」

手代頭がこれは困ったと腕を組んだ。

でも、と手代の吉蔵が口を開く。

「そこまでしなくてもいいんじゃありませんか。一度か二度ほど使うぶんの紅でしたら、すぐに使い切ってしまいますよ」

「そうかな……」

多くのお客がはじめて手にする「丸藤」の紅だ。どんなものだろうとほんのちょっぴり使ってはみるだろう。しかし大切な日のためにと取っておく客も多いのではなかろうか。それに漆は光を遮るだけではない。直接紙のうえに紅を刷けば、紙が紅の水気を吸う。いよいよ大切な日になって板紅を開いたとき、色あせて乾いた紅がぼろりと剥がれ落ちはしまいか。

里久は板紅を手にした女たちをがっかりさせたくない。

「わたしがみんなに届けたいのは、最上級の丸藤の紅だよ。そのために漆ははずせない」

「よくぞおっしゃいました。それでこそ丸藤の格にふさわしい板紅でございます」

静まった店内に番頭の声が響いた。

「よい紅をよい紅のままお客さまにお届けする。これも小間物商の大事なつとめでございます。しかしこれが簡単なようでなかなかに難しい」

里久はまったくだと嘆息する。

「番頭さん、どうしたらいいんだろ。値上げはしたくないんだよ」

「切りつめるしかございませんでしょう」

板紅は、いまは里久の手の中にある。

里久は牛の焼き物に見立てた黒い紙を繋いだ糸ごと引きちぎった。桃が両の手で顔を覆った。ついで化粧紙の千代紙も剝がしてゆく。

里久の手の中に残ったのは、ただの厚紙の破片だった。

漆を塗ってここにいくら丸藤の紅を刷いても、はたしてひとはこの板紅を欲しいと思ってくれるだろうか。手にとってくれても、うきうきとした気持ちで紅をさしてくれるだろうか。いや、紅の質を守っても、容も含めて商品だ。これでは丸藤の品とは到底いえない。

「これじゃあまるで紙くずだ」

いままでお客のことを考えながら品物をいくつかつくってきた。今度だってそうだ。桃みたいな唇になれたらどんなにうれしかろうと思って、みんなに届けと――。

だが里久は思いだけではどうにもならないことを痛感する。

桃がぽろりと涙を流す。

里久もじわじわと涙がこみあげてきた。

西の市で会った女たちや、町家のおかみさんや娘たち、女中たち。みんなに胸の中でごめんよと詫びる。女たちの喜ぶ顔が遠ざかってゆく。

番頭がぱんぱん、と手を叩いた。

「諦めるのでございますか。大事なのはここからでございますよ」

「だって番頭さん、どうすりゃいいのさ」

里久は悔しさでいっぱいだ。

「思いを形にするのは難しゅうございますね。しかしお嬢さん、思い描いた形に近づけてゆくことはできるのでございますよ」

「近づけてゆく……」

里久は滲んだ涙を急いでぬぐった。

「でもどうやって」

「そのためにわたしたち奉公人がいるのでございます」

番頭は誇らしげに三人の奉公人たちを見回す。

「紙の板紅、大きさ、漆。お嬢さん方がここまで固めてくれました。これを丸藤の名に恥じぬ商品にするには――。さあ、おまえたちならどうします?」

手代頭の惣介が里久から厚紙を受けとる。

「そうでございますねえ。化粧紙は千代紙でなきゃいけないってことはないのでは。たとえばでございますが」

惣介は懐紙を取り出し、厚紙を包んだ。

「ただの白い紙ですが、紅の玉虫色がよく映えましょう。紙問屋で半端にあまっている色紙をわけてもらう手もございますね。問屋のほうでも蔵に置いて年を越すより捌けたほうが助かるはずですし、値もきっと安くしてくれましょう。いろんな色の板紅になるでしょうが、それだって考えようによっちゃあ、華やかでいいんじゃございませんか」

紅という決まった色の容れ物だからこそ、色とりどりの化粧紙に、さすが丸藤、趣向が凝っていると思ってくれるのではないかと惣介は話す。

惣介の案に、ふたりの奉公人は「さすが手代頭さんだ」と感心しきりだ。

手代の吉蔵が板の間に転がっている丸まった紙を拾う。

「牛はどうしますかね。縁起物ですからいるんじゃないでしょうか。それに紅猪口でお買い上げいただいたお客さまには臥牛の置物をお渡しするんですから、板紅をお買い求めのお客さまにもやはりなにかいりましょう。これも丸藤の立派な丑紅なんですから」

長吉がだっと帳場格子へ走っていき、筆を手に戻ってきた。板の間に這いつくばるようにして、厚紙を包んだ白い紙になにやら書いてゆく。

「ほら、これでどうです」

みんなのほうへ差し出した紙には黒いいびつな丸が描かれていた。

「なんだいそりゃ」

吉蔵はぐっと首を伸ばす。

「なにって、牛ですよ。決まってるじゃないですか」

「牛ぃ、これがかい？」

吉蔵がぷっと噴き出し、長吉は頬をぷうっと膨らませる。

「すまんすまん、牛に見えるかどうかはさておき、素焼きの牛の代わりに絵を描くのはいい案だと思うよ。でもたくさんの板紅にひとつひとつ描いていては手間も刻もかかる。刷り物にしたらどうだい。それだと版木さえつくればいっぺんにたくさん摺れる。このほうが手間賃も安くすむし、そうだ、絵は茂吉さんに描いてもらっちゃあどうだい。もちろん、丸藤の屋号もだ」

茂吉は丸藤の贅沢な手拭いの絵柄を描いている下絵職人だ。

長吉は「なるほど」と、たちまちにっこりだ。

「みんな丸藤の品を手にしたって、見せびらかすように歩きますよ」

「ああ、いい事触れになるだろ」

吉蔵は得意げに鼻をこする。

「これでなんとかなりませんでしょうか」

惣介が番頭に伺いをたてた。

吉蔵も長吉も手代頭と一緒に番頭の返事を待つ。

「ああ、いい考えだ」

番頭は、さすが丸藤の奉公人たちだと、これ以上ないほど目を細める。

「ではわたしは、歌留多を商っている玩具問屋に知り合いがいますから、内職の者を紹介してもらいましょう。板紅細工に化粧紙貼りと、かかる費えも抑えられましょう」

番頭は「いかがでございますか」と傍らの姉妹たちに話をふった。

里久と桃は、さっきから奉公人たちの話をぽかんと口を開けて聞くばかりだ。

はじめに口を切ったのは桃だった。

「番頭さん、それはつまり板紅をつくれるってことかしら」

「ええ、さようでございます。お嬢さん方の最初の案とはだいぶ異なる板紅ですが、ようございましょうか」

「姉さんっ」と桃が里久の腕を揺すった。

里久は泣き笑いの桃を見る。里久も徐々に笑顔になってゆく。喉の奥からこみあげてくる熱い塊を飲みこんで、里久は声を弾ませた。

「すごいよ番頭さん、すごいよみんな。板紅をつくれるなんて夢のようだ。わたしたちが考えた板紅より、ずっとずっとすてきさ」

「では、丸藤の板紅はこれでいきます。明日からさっそく動きますよ」

番頭の気合いの入った声に、里久と桃、そして奉公人たちは、「はい」といっせいに大きく返事をした。


次の日から奉公人たちは目の回る忙しさに追われた。

いつもの商いに板紅づくりの段取りが加わるのだ。それぞれが玩具問屋の内職たち、漆職人、刷り師と駆けずりまわる。

里久も佐知江が嫁いだ神田佐柄木町の紙問屋を訪れた。

佐知江は娘時代に眉の太いのを気にしていて、以前桃の眉化粧指南を一緒に受けた仲だった。佐知江は紙の板紅で丑紅を売ることにたいそう驚いた。半端な色紙を安くわけてほしいという里久のため、亭主に口を利いてくれた。亭主はこちらも願ったり叶ったりだと即座に承知してくれた。

「里久さんは商売の道にどんどんすすんでらっしゃるのね」

がんばってと見送る佐知江に手をふり、里久は手代が引く荷車を押して色紙を内職の者たちのもとへ運んだ。

そうこうしているうちに寒の入りを迎えた。

この寒の入りからつくられる紅が寒紅である。紅を扱う店々の前には、売り出したことを知らせる、「寒紅」と墨書きされた赤い布がはためいた。

丸藤でも赤い布がはためき、連日、寒紅を求める客でにぎわった。

里久と長吉はてんてこ舞いだ。手代頭や手代、それに彦作まで、いくつも買ってゆく客のために、紅猪口を藁紐で結わえる作業をこなしてゆく。武家の下男など、奥方だけでなく奥女中の分まで頼まれているものだから、買い求める猪口の数も尋常ではなく、帰っていくさまは、まるで瀬戸物の振り売りのようだ。やっと店を閉めても、里久と奉公人総出で、明日の分の紅猪口づくりの夜なべが待っている。

そんな日々がつづき、みんなの顔に疲れの色が濃くあらわれたころ、内職を引き受けてくれた男が、店を閉めたあとの丸藤にできあがった板紅を運んできた。

「遅い時分にすまんな」男は背負っている荷を板の間に置いた。

「ぜんぶではないんだが、とにかく急いでくれと言いなさったもんだから、仕上がったぶんだけでもと持ってきたんだ」

「では開けますよ」

長吉が風呂敷包みの結び目をほどいてゆく。奥から桃もやってきて、里久と一緒に見守った。奉公人たちも固唾を呑んでいる。

風呂敷の布がはらりと落ちると、百目蠟燭の灯りのもと、色とりどりの板紅があらわれた。ぎっちりと、そして整然と積まれている。菜の花色、柳茶、鶸色、茜色。そこにいるすべての者から「わあー」と歓声があがった。

里久はひとつ手にとった。薄い黄色、鳥の子色と呼ばれる地の紙に、表には黒い臥牛と赤く丸に藤の屋号が摺られている。二つ折りの板紅を開けば漆の黒だ。

「紅を刷いてみてもいいかな」

「お願いします」

番頭が答えた。

里久はさっそく寒紅をすっと刷いた。もうひとつ、今度は萌黄色の板紅だ。

「どうかな」

里久は刷いた紅をみんなに見せた。

黒い漆のうえで、赤い紅はゆっくりと乾いて、玉虫色へと変化する。蠟燭の灯りに艶やかに輝いている。

「ええ、よい板紅です。『丸藤』の品にふさわしい」

番頭はほっと安堵の息をつく。惣介と吉蔵も互いをたたえるように肩を叩きあっている。長吉も興奮で目をしきりと瞬いている。

「喜んでくれるかしら」

桃は愛おしそうに板紅を灯りにかざしながら、少し不安そうだ。

「それは丑の日にわかるよ」

「いいえ、明日にはわかりますよ」

番頭はすでに書いておいたのだと、帳場から持ってきた紙をぱっと見せた。それは丑紅の引き札だった。「丑の日　丑紅、板紅で売り出し候」と大きく書かれ、値も記されていた。

「明日の朝、この引き札を貼ればそりゃあ大評判間違いなしでございます」

番頭が言ったように、翌朝、表の寒紅の引き札に並べて丑紅の引き札を貼ったとたん、大騒ぎとなった。客やとおりすがりの女たちが引きもきらずに「ほんとうなの」と里久や奉公人たちに確かめに来る。そのたびに里久たちは「楽しみにしてくださいまし」と笑顔でうなずくのだった。

そして、とうとう売り出しの丑の日を迎えた。

店開けのずいぶん前から通りで人の声がしだし、潜り戸の小さな臆病窓から外をのぞけば、店表は早くも人だかりをなしていた。いつものように武家の下男、供を連れた商家の内儀や娘たち。それにまじって町家のおかみさんや娘たちも集まっている。そのうしろには女中たちの姿もあった。みんなが今かいまかと、店が開くのを待っている。

里久は奉公人たちと板紅を並べたり、店の掃除に余念がない。

桃だけが、里久が嬉々として動きまわっているのを内暖簾から心配そうに眺めていた。

「桃」と肩を叩かれ、桃はぎくりと振り返った。父の藤兵衛が立っていた。

「お父っつぁま」

「せっかくの売り出し日なのに浮かない顔だね。どうした」

「わたし心配なのよ」

なにがだいときかれ、桃は番頭の言葉がずっと胸に引っかかっているのだと打ち明けた。

――刷ける紅などびびたるものではございませんか。それをはたして町家のおかみさんや娘さん方がお求めになりましょうか。

「だが里久が言ったことも憶えているだろう」

「ええ」

――どんなに少なくても、いちど試してもらえれば違いはわかるというもんだよ。

「それには買ってもらわないといけないわ」

そしてまた番頭の発した言葉へと戻るのだ。

「じゃあ、手にとってもらうにはどうすればいいか、桃が姉さんに教えてやればいい」

「そんなのわたしにわかるわけないわ」

「はじめから諦めずに考えてごらんよ」

藤兵衛は桃の肩をまたぽん、と叩くと奥へ行ってしまった。

「あっ、お父っつぁまったら。もう」

どうすればいいかだなんて、そんなの――。

「そろそろ開けますよう」長吉が店内へ報せる。

「ちょっと姉さん」

桃は内暖簾の奥へ里久を引っ張った。

「なんだい桃。あっ、桃も店へ出るかい」

相変わらず姉は呑気だ。自分がうしろ向きに考えすぎなのだろうか。とにかく――。

桃は里久に耳打ちした。

「わかった?」

里久の目が大きく見開く。

「そんな、わたしにできるかな」

「大丈夫よ。前に教えてあげたでしょ。あのとおりにすればいいんだから」

「桃ぉ……」

里久は不安そうに太い眉を下げる。前にきれいに整えてあげたのに。

長吉が大戸の閂を外した。

「ほら、がんばって」

桃は里久の背を店へと押した。

淡い朝陽(あさひ)と、きんと冷たい空気と一緒に、女たちが店の中へどっとなだれこんできた。

「押さないでくださいまし。たくさんご用意いたしてございます。順に、順に」

紅猪口、板紅、どちらの丑紅にも女たちが群がった。

紅猪口はまさに飛ぶように売れてゆく。

「ますますおきれいになられますように」

惣介たちは紅と一緒に臥牛の置物を渡してゆく。

しかし板紅は調子よくとはいかなかった。

「ようお出(い)でくださいました。おひとつ二百文にございます」

「あたしは梔子色(くちなしいろ)がいいわ」「あたしは桜色よ」「まあ、これにもちゃんと牛の絵があるのね。かわいい」「あら、ほら見て。中は漆まで塗ってあるわ」「それに紅のなんてきれいな玉虫色だこと」

板紅を手にして女たちの声は華やぐのだが、次に「でも……これっぽっちなのね」と紅を戻すのだ。

「お嬢さん……」

長吉が心細そうに里久を見上げる。

里久はお客に向かって「そうなんでございますよ」と軽やかに相槌(あいづち)をうった。

「ほんとうにこれっぽっちで申し訳ございません。でも後悔はさせない自信はございます」

どうぞご覧くださいましと、里久は紅板をひとつ手にとった。用意していた水に紅さし指をしめらせ、板紅の紅をなじませてゆく。

「妹に教えてもらったんですけどね、紅は上唇にはうすく、下唇には濃くはっきりと塗るのがこつのようでございますよ」

「お嬢さんこれを」

彦作は里久がなにをするかわかったようで、女たちを掻き分けて里久に鏡を掲げた。

「ありがとう彦爺」

ではいきますよう、と里久は客を見回し、自分の唇に紅をゆっくりとさしていった。一度ひけば赤く、二度重ねれば黄緑に、三度めには唇のうえで紅は青緑に変わり、きれいな玉虫色があらわれた。

「いかがでございます」

里久は女たちに、にっこりと笑う。食い入るように見ていた女たちは「んまあー」と感嘆する。

「そんなに重ねなくてもきれいな玉虫色が出るもんだねえ。さすが丸藤の紅だよ」「ひとつおくれな」「あ、あたしにも頼むよ」

次々と女たちの手が伸びてくる。

「ありがとうございます。ますますおきれいになられますように」

里久は牛に込められた願いを伝えながら女たちへ板紅を渡してゆく。

町家のおかみさんが、娘たちが、女中が玉虫色の紅にうっとりし、大事そうに板紅を胸にぎゅっと抱く。その幸せな表情といったら。

里久は内暖簾の桃を振り返った。

桃、やったよ。ありがとう。

姉さんよかったわね。

姉妹は信頼の眼差(まなざ)しを交わす。それを番頭は目を潤(うる)ませて帳場から見つめる。

里久は客たちへ向き直り、声を張った。

「どうぞこれからも丸藤をよろしくお願いいたします」

その日、清七が丸藤にやってきたのは陽もとっぷり落ち、そろそろ店を閉めようかというときだった。

「清七さん、酉の市ではお世話になりました」

無理をさせたみたいですまなかったと謝る里久に、清七はよけいなお世話でしたかと反対に案じてきた。

「そんなことはないよ。楽しかった」

縁起物の熊手（くまで）は小座敷に飾ってあると教えると、清七はほっとした様子だった。

「仕上がった簪（かんざし）を持ってきやして。それでそのう、板紅を売り出したと聞きやして」

清七はどこに、と店内を探す。

「おかげさまで売り切れたんだよ」

「さいですか」

「清七さんも欲しかったのかい」

「いや、あっしではなく」

清七は困ったように暗い表を指さした。長暖簾に隠れるように、女がひとり立っている。

清七が迎えに行って、中へ連れてきたのはお豊だった。

「お豊さん！　板紅を買いに来てくれたのかい」

「ちゃんとできたか確かめに来ただけ」

お豊はうつむいてぼそぼそ言う。

「欲しいって言ってたじゃねえですか」

「よけいなこと言わないでよぅ」

ますますうつむくお豊に、清七は苦笑する。

「よかった。お豊さんのぶんはとっておいたんだよ」

えっと顔を上げたお豊へ、里久は板紅を差し出した。

薄い黄色、鳥の子色の板紅だ。最初に里久が紅を刷いたものだ。

「二百文だったわよね」

あわてて紙入れを出そうとするお豊の手に、里久は手を重ねて首をふった。

「これはわたしからお豊さんに」

「どうしてよ、ただでもらう理由はないわ」

二百文ぐらいあるわよとむっとする。

「これはお礼だよ。だってこの板紅ができたのはお豊さんのおかげだから」

届けたいみんなに女中たちも入ってのみんなだろと教えてくれたのはお豊なのだ。そのみんなが手にとりやすい値が二百文だということもお豊が教えてくれた。

「だから受けとっておくれよ」

お豊の戸惑った目は清七へと動く。清七は小さくうなずいた。

お豊はそっと手を伸ばし里久の手から板紅を受けとった。口もとにうっすらと笑みが浮かぶ。

「でもやっぱりただでなんて受けとれないわ」

お豊はかなり意地っぱりのようだ。

「じゃあ、友達になっておくれよ。お礼とその印もかねて受けとって。ね、それならいいだろ」

お豊は頬を赤らめる。照れと戸惑いが半々といったところか。

「あんたって、ほんと、恥ずかしいことをしゃらりと言うわよね。それに変わってるわ」

「よく言われるんだよう」

里久は「あははは」と笑い、清七が「くくっ」と笑う。

暗い通りを清七が提灯(ちょうちん)を手に、お豊と帰ってゆく。

里久は店の表に立って「またねえー」とふたりを見送った。

ふたりは並んで遠ざかってゆく。

その姿を眺める里久の胸に、ちくりと痛みが走った。

「あれ」

「お嬢さん、そろそろ大戸を閉めますよ。どうかなさったんで」

胸に手をあてる里久に、長吉が心配そうに寄ってくる。

「ちょっとここらへんがなんだか」

「風邪(かぜ)ですかね、旦那さまから屋台のお蕎麦(そば)のお許しが出たんですけど、お嬢さんは今晩はやめておきますか」

長吉がいたずらっぽい目で里久を見る。

「なに言ってんだい、行くに決まってるだろ」

里久の胸の痛みはもうすっかり消えていた。

「さあ、みんなで出かけるよ」

里久は店へと駆けこんだ。

「あっ、待ってくださいよう」

うしろで長吉が情けない声を出す。

「早くおしよう」

里久の気持ちはもう、瀬戸物町の角に出ている蕎麦屋の灯りへと飛んでいた。

# 第四章　時の音

師走にはいって今日は八日。新年を迎えるための仕度にとりかかる事始めの日である。

この日、朝方まで降りつづいた雪で江戸の町は銀色に覆われていた。

「丸藤」がある日本橋伊勢町の通りも、一尺（約三十センチ）ほどの雪が積もっている。

近隣のお店では奉公人たちが雪かきに精を出す。もちろん丸藤の奉公人たちも、店が開く前のまだ暗いうちから雪かきに追われていた。その中に里久の姿もあった。綿入れ半纏に足もとは藁沓で手伝っている。お嬢さんにとんでもないと奉公人たちにとめられたのだが、まだ誰の足跡もついていない真っ白な雪を見てしまっては、もうじっとなどしていられない。長く平たい板を鋤のように使って一心に雪をかいていく。

吐く息が白く見えだしたのに気づき、里久は額に滲んだ汗をぬぐって顔を上げた。東の空が、冬の夜の冷たい蒼から東雲色へと染まりはじめていた。その色の境を明け烏が飛んでゆく。里久は凍てつく宙に「ほう」と息を勢いよくはなった。白い息は盛大に天へとのぼり、瞬く間に消えていく。

隣で雪をかいていた長吉が腰を伸ばした。

「なにやってんです、お嬢さん」

「うん、いつもは見えないものが見えるっておもしろいなあと思って」

「そういえばそうですね」

長吉も「ほう」と息をはく。

「さて、そろそろ終いにいたしましょうか」

長吉は里久の手から板を受けとった。

「もうかい」

通りは大方すかし終わり、除けた雪はお勝手の入口の横に小山となっている。でもこんなに積もったのに、このまま終わるだなんてなんとも惜しい。

そうだ。里久はほくそ笑んで両手で雪をぎゅっと丸めた。

「長吉っ」

と呼ぶなり、店に入ろうとしている長吉めがけて「えいやっ」と投げつけた。

パシッ。雪の玉は振り返った長吉の顔面にみごと命中だ。

「あははは、当たった当たった」

「痛ってえ。お嬢さん、やりましたね」

こうなると長吉だって負けてはおれない。雑司ヶ谷の里で悪がきたちとやりあった腕がある。長吉は板を投げ出し応戦だ。

それ、やあ、とにぎやかなかけ声とともに雪の玉が飛び交う。だが、なにごとかと店内から飛び出してきた番頭に、たちまち雷を落とされてしまった。


「ああ、温まるよ」

内所での朝餉の席である。里久は熱々のなめこ汁をすすって、ほうっとひと息ついた。

「店先で雪合戦だなんて。そもそも雪かきなんぞ奉公人に任せておけばよいものを」

美しい青眉をくっと寄せ、須万の小言がはじまる。

「姉さんは雪が積もってうれしいのよ」

うふふと笑う桃は今日もきれいだ。さすが自慢の妹、伊勢町小町だ。

「そうなんだよ。胸がこう、わくわくしてね。おっ母さまはわくわくしないかい」

「しませんよ。犬ころじゃあるまいし」

「須万、うまいこと言うねえ」

藤兵衛がぽんっと膝を打つ。

「おまえさまったら、感心している場合じゃございません。里久も年ごろ。年が明ければ十八なんでございますよ」

女房にきゅっと睨まれて、すまんすまんと謝っていた藤兵衛だったが、

「わたしも考えていたことがあってね」

どうだろう里久、と父は娘の名を呼んだ。

「おまえもそろそろお客のお相手をしてもいいころだ。どうだい、番頭さんについて出てみないかい」

紅、白粉、洗い粉など、日ごろ使う品を買いに来るお客には里久も出ているのだが、簪や櫛など、好みがあり値も張る品のお客にはまだ出ていなかった。下絵描きの茂吉が亀千代の簪を選ぶのに相談にのったり、青物問屋の女隠居にびらびら簪を買ってもらったりはしたが、あれはたまたまだ。

「いいのかい」

里久の声はおのずと弾む。

しかし須万はまだ早くないかと心配した。

「雪にはしゃいでいるようではねえ」

里久は、とほほと肩をすぼめた。長吉と遊んでしまったことを後悔する。しかしそこへ桃の助け船があらわれた。

「姉さんだったら大丈夫よ。店に出たてのころとは違うんですもの」

ねえ、と桃にうながされ、里久は神妙にうなずいた。

「そうだよ。商売の難しさもだんだんわかってきたからね」

いままでもそうだったが、板紅のときにはとくにつよく感じた。丸藤の店の格を守りながら、上物の品を多くのひとへ届けることの難しさを知った。

「そうだねえ。あれはわたしもよくがんばったと思いますよ。蠟燭問屋のお女中たちがわたしに礼まで言ってくれましたよ」

須万はちょっと誇らしげだ。

最初、里久が店に立つことを強く反対した須万である。その須万からこんな言葉が聞けるとは。里久の胸はうれしさにじんと熱くなる。

「おっ母さま、ありがとう」

「よし決まりだ。さっそく今日からだ」

藤兵衛は父親の顔からあるじの顔になり、これだけは守りなさいと里久にひとつ助言をした。

「いいかい、いちばん大切なのはお客のよい聞き役になることだ」

「聞き役……。わかったよ、お父っつぁま。わたしがんばるよ」

その日、珍しいお客が丸藤の暖簾をくぐった。

丸藤の隣の商家である「三益屋」の内儀、おとしである。

伊勢町は日本橋のほぼ真ん中に位置する。日本橋川と繋げられた伊勢町堀があることで、物の行き来の重要な役割を担っている場所だ。そのため周囲は大店の問屋が軒を連ねている。丸藤の両隣もやはり商家で、堀側の東隣になる蠟燭問屋の「橘屋」は老舗で間口の広い大店らしい大店だ。丸藤だって大店で老舗なのだが、周りと比べて店の造りはこぢんまりとしている。そういう店はこの界隈では珍しいほうで、西隣で時計を商っている三益屋も、丸藤とそう変わらない店の造りだった。

「これはこれは三益屋のご新造さまではございませんか。ようお出でくださいました」

店土間に立ったおとしを番頭がいそいそと出迎えた。

おとしは細身の四十過ぎの年増だ。着ているものも落ち着いていて、結いたてのような髪には品のよい櫛と簪をひとつずつ挿している。いかにも大店の内儀といった風貌だ。ご無沙汰していますねと挨拶するしぐさもたおやかだ。目じりにちりめん皺をつくり、ふんわりとほほ笑んでいる。

番頭はおとしを「ささ、こちらへ」と店座敷へといざない、ひとしきり世間話をすると、

「それで今日はどのようなお品をお求めに」

と本題にはいった。

「ええ、うちのひとり息子の嫁取りが決まったものだから」

いまは同業の店へ修業をかねた奉公に出ているが、年が明けて桜が咲くころに婚礼の運びとなったのだという。

「それはそれは。おめでとうございます」

「ありがとう。それでお式のためにわたしも櫛をひとつ誂えようと思っていたのだけど。なんやかやとせわしなくって」

結局こんな師走になってからあわててやってきたのだと、おとしは苦笑した。

「では、まずはご覧いただきましょうか」

それからこれはお願いなのでございますがと、番頭はつっと手をついた。

「よろしければお見立て役にもうひとり、ご一緒させていただきとうございますが。よろしゅうございますか」

番頭は紅を刷く机の前で控えている里久を手招きした。

「いよいよでございますね、お嬢さん」

しっかり、と声援を送る長吉に、里久は拳を小さく握ってみせる。

そそとおとしの前に進み出た里久を番頭が紹介した。

「憶えておいで[おぼ] でしょうか。当家、丸藤の里久お嬢さんでございます。今日から手前についていて、お客さまのお相手をさせていただくことになりまして」

「丸藤の里久と申します。お寒い中ようお出でくださいました」

里久は三つ指ついて、番頭仕込みの挨拶でおとしを迎えた。

緊張で声がちょっと裏返ってしまったが、小さく咳払いをしてごまかした。

おとしは、まあ、と目を輝かせる。

「ええ、ええ憶えていますとも。大きくなられて。おばさんのことは憶えて……ないわよねえ」

「ごめんなさい」

里久はまったく記憶にない。

「いいのよ。あんなに小さかったんですもの。お須万さんとお散歩してらして、声をかけたら小さな手をふってくれてね」

かわいらしくってねえ、とおとしは目を細める。

「戻っていらしたと聞いて、お須万さんにはいちど連れて遊びにいらしてと話していたのよ。だけど行儀を仕込んでからとおっしゃって。そのうちわたしもばたばたしてしまって。それにしても、ほんとにいい娘さんにおなりになって。そうそう、こちらで丑の日にお売りになった板紅も、あなたがお考えになったとか。うちの女中がそりゃあ喜んでいましたよ。すごいわねえ」

あら、ついおしゃべりになってしまって、とおとしは口に手をあてた。

おとしの親しみのこもった眼差しに里久の緊張はとけたが、自分の忘れている幼いころの話をされ、照れくさくもあった。そんな里久に番頭がせっつく。

「ほらお嬢さんからもお願いなさって」

そうだった。里久は急いでおとしに頼んだ。

「あの、どうぞお見立ての席にご一緒させてくださいまし」

「ええ、かまいませんよ。里久ちゃんに見てもらえるなんてうれしいわ」

おとしは快く承知してくれた。

見立ては、座を店の小座敷に移してはじめられた。

婚礼というめでたい日に身につける櫛だ。里久は番頭の指示どおり、帳場格子のうしろにある、簞笥のいちばん上の引き出しを開けた。ここには丸藤の中でもとくに値の張る簪や櫛笄が収められている。

「いかがでございますか」

番頭は里久が運んできた桐箱を開け、おとしの前にずらりと並べた。

鼈甲、螺鈿、金蒔絵。描かれているものも、松や宝船、菊花だ。

「寿ぎの日におつけになられるのに申し分ございません」

番頭は誇らしげに鼻の穴を膨らませる。

里久も丸藤の品の質の高さと豪華さにつくづく感じ入った。

「まあ、どれもすてきだこと」

おとしも感嘆し、さっそく櫛を手にとり、髪にあてていく。

「どうかしら。あら、こっちのほうがいいかしら」

やっぱりさっき見せてもらったほうかしら、と目を輝かせながら思案する。

里久は彦作がぴかぴかに磨きあげた手鏡を掲げ、櫛を挿したり外したりするおとしの姿を映した。

「そうでございますねえ。どれもご新造さまにお似合いでございますが、いま御髪(おぐし)におあてになられている金蒔絵のものがよくお似合いかと存じますが」

いかがでございましょう、と番頭はもみ手をする。

なるほど。金蒔絵の櫛はおとしの髪に美しくしっとり映える。

「そうねえ、里久ちゃんいかが」

おとしは里久の意見もきいてきた。

「わたしもそちらがよくお似合いかと」

里久は掲げている鏡の横で「とってもお似合いでございます」と褒(ほ)めたてた。

「そう？　そうねえ」

鏡に見入っていたおとしが「それにしても」と苦く笑った。

「白髪がふえたこと」

ちょうど櫛を挿す前髪の根元の部分が白くなっている。鬢には白い筋がところどころに走っている。

「まあねえ、息子が嫁をとるんですもの。こっちも白髪になりますよ。夫の五平もずいぶん白くなりましたよ」

「ご夫婦仲睦まじく共白髪、よろしいじゃございませんか。うらやましい限りでございます」

さすがは番頭さんだ。すぐさま機転の利いた返答をする。

「共白髪……」

おとしは番頭の言葉をくり返し、己の顔を映した鏡をじっと見つめた。

おとしの笑みが消えてゆくのを、里久は櫛の見立てに一生懸命で気づかなかった。

小座敷での時は和やかに過ぎた。しかし気に入るものがなかったのか、おとしは煮え切らないままだった。

「どうでございましょう。職人からもういくつか櫛が届きますので、明日もういちどお出でいただければと思うのですが」

番頭の提案に、おとしは「そうね、そうするわ」とその日は帰っていった。

そして次の日、おとしの前に並べられた櫛も、どれもすばらしいものだった。

しかしおとしはやはり煮え切らない。

るでしょう。番頭を贔屓にしてい
る客が来たらしい。
「番頭さん、よろしいですか」
手代頭が小座敷の敷居の前に膝をつき、遠慮がちに番頭を呼んだ。番頭を贔屓にしてい
る客が来たらしい。
「ちょっと失礼いたします」
番頭はおとしに中座を詫び、里久には「お嬢さん、お相手をよろしくお願いいたします
よ」と耳うちして、座敷から出ていった。
おとしは、また別の櫛を手にとる。里久は鏡を掲げておとしに向けた。
蝶の蒔絵螺鈿の櫛だ。これもおとしによく似合っている。次に手にしたのは南天の意
匠の櫛だ。それはちょっと珊瑚の赤が派手かな。次は御所車。うん、こっちのほうがいい。
ほほほ、とおとしが口もとに白い手をあて笑った。
「ごめんなさい。鏡の横であなたの表情があんまりくるくる変わるものだから、おかしく
って。声が聞こえてくるようよ。そうね、さっきの赤い珊瑚は派手だわね」
里久の顔はたちまち赤くなる。
「ご、ごめんなさい」
「いいのよ。わたしもそう思ったもの。それよりこちらこそごめんなさいね。気難しい客
だと思ってらっしゃるでしょう」
「そんなこと」

里久はぜんぜん思ってやしない。

「そう？　ならよかったわ」

「お気に召しませんか？」

「そうねえ」

おとしは頬に手をあて青眉を下げる。

「気に入らないっていうのじゃないのよ。なんだかねえ、なんだかなのよ。うまく言えないのだけれど」

おとしは櫛をそっと戻した。

その日の夕餉は湯豆腐だった。

「それで今日も決まらなかったのかい」

熱燗を楽しむ藤兵衛に、里久はうなずいた。

「まあ、はじめからすんなり決まるとはいかないものさ。迷うのもまた買い物の楽しみってね」

「でも、なんだかっておっしゃったのは、やっぱり気に入るものがなかったってことじゃないかしら。ここら辺のお内儀さんはみな、目が肥えてらっしゃるから」

そう言った桃は、民に熱い湯豆腐の上に鰹節をのせてもらっている。

ゆらゆらと踊る鰹節を見つめながら、里久は違うことを考えていた。

「値が高かったのかなあ。こう言ってはなんだけど、時計屋っていつも暇そうだし」

丸藤が客でにぎわっているのに対し、三益屋の店先はいつも閑散としていた。里久は前をとおるたび、潰れやしないかと心配するほどだ。

「まあ、この娘ったら」

藤兵衛に酒の酌をしていた須万が里久を軽く睨んだ。藤兵衛は「わはは」と朗笑する。

「あそこは商いの仕方がそもそもうちと違うんだよ」

と藤兵衛は里久に教えた。

「お客が店に来るんじゃない。大方はお客に呼ばれての商談になるんだよ。だから人の出入りは少ないのさ。それに商いだけじゃない。あるじの五平さんは腕のいい時計師でもあるからね」

おとしの夫である。

「時計師？」

首をひねる娘に「そもそも時計はだな」と藤兵衛はつづけた。

将軍様がおわします千代田のお城に時計があり、この時計に合わせて城の太鼓が叩かれる。そんな大事な城の時計には、その名も時計坊主という役職の者がいて、日夜、時計が正しく動くよう調節しているのだという。しかし時計があるのはお城ばかりではない。調節が必要なのもまたしかりだ。

「三益屋さんの客筋は大店の商家やその寮、お武家の上屋敷、下屋敷、大きな寺だ。五平さんはお客のもとへ呼ばれ、日々調節したり修理したりして廻っていなさるのだよ。だから五平さんは大店のあるじというよりは、職人かたぎの御仁でね」

それでかしら、ちょっと怖いわ、と桃が薄づくりのやさしい眉を寄せた。

「お稽古に出かけたときにたまに道ですれ違うのだけど、いつもむっつりして。挨拶してもぎろりと睨んで、そのまますたすた行っておしまいになるのよ」

「いつも時計のことを考えていなさるんだろうよ。腕を磨く精進を怠らない、自分に厳しいおひとだから」

時計の技のため、からくり人形師に教えを請いに行っていたほどだと、藤兵衛は話す。

「へえ、商いのことも時計師のことも、ちっとも知らなかったよ」

里久は大したもんだと感心する。

「そういえば、おまえさまも三益屋さんから時計をひとついただいていましたっけ」

須万は、お酒はもう終わりですよと告げ、民に藤兵衛の飯茶碗を渡す。

「あれ、うちに時計があったかな」

里久はこの丸藤で時計を見たことがなかった。

「前はお父っつぁまのお部屋にあったのよ」

桃は懐かしいと言う。

「枕時計だ」

藤兵衛がちょうどこの膳ぐらいの大きさだったかな、と両の手で四角く形をつくった。

「いまはどこにあるんだい」

時計があるなら見てみたい里久だ。

「それが壊れてしまっていてね。どこにしまったかな」

「直しておもらいになればよろしいのに」

須万はもったいないと藤兵衛に修理をすすめる。

「けっこうな値だったじゃございませんか」

「そんなに高かったのかい」

里久は店に立ちはじめたばかりのころ、丸藤の品の値にいちいち驚いて飛びあがっていたものだ。その丸藤の品に囲まれて暮らす須万が高いと言うのだ。時計の値がいかほどなのか、里久には想像すらできない。

「そりゃあ三益屋さんの時計は技はもちろんのこと、大名時計といわれるほど贅をつくした品ですからね」

須万はだからよけいにもったいないと言う。しかし藤兵衛は修理を渋った。

「さっきも話したが、五平さんは忙しいおひとなんだよ」

「そんなこと言って、壊したのを五平さんに怒られるのが怖いんでしょ」

須万はくすりと笑う。

五平は自分に厳しいぶん、時計をぞんざいに扱う客にも、また厳しいらしい。

「そんなことないさ。いまはあわただしい師走だから申し訳ないだけだよ」

藤兵衛は民から飯茶碗を受けとるや、飯を口に放りこんだ。


すす払いがすんだ翌日は、すっきりと晴れわたった。冬の陽射しは弱いが、それでも軒先からとけた雪が雫となって落ちる。

「それでは少し早うございますが、よいお年をお迎えくださいまし。新しい年も丸藤をどうぞご贔屓に願い申し上げます」

三つ指ついて客を送り出す番頭にならって、里久もていねいに辞儀をする。今日は朝から正月用にと注文を受けていた櫛や簪を取りにやってくる客が多かった。

「大方のお客さまにご注文の品をお渡しできましたね。あとは――」

番頭は帳場で手代頭の惣介と見落としがないか帳面を繰っている。

里久は暖簾の向こうの通りを見つめた。

おとしはあれからやってこない。もう五日になるだろうか。

里久は帳場のうしろにある箪笥の前に立ち、引き出しから桐箱を取り出して、蓋をそっと開けた。櫛職人が注文の品ではないけれど、こんな櫛も拵えてみたからと持ってきたものだった。艶やかな黒漆に鴛鴦のつがいが描かれている。雄の羽が色鮮やかだ。

この櫛を見たとき、里久は「三益屋のご新造さまにどうかな」と番頭に相談してみたのだが、「お嬢さん、無理強いになってはいけません。それに待つのも商いでございます」と諭された。しかし番頭は「お好みの櫛をおつくりになられるなら、そろそろご注文をしていただかないと」と困ってもいた。

櫛の桐箱を簞笥にしまい、引き出しを閉めたところで「お嬢さん」と番頭に呼ばれた。

「なんだい」

振り返ると番頭のほかに、手代頭の惣介がこっちを見ていた。

「これから惣介とご隠居さまのところへ行っていただけませんかね」

惣介は青物問屋の女隠居のところへ頼まれていた寒紅を届けに行くのだという。

「なんですか、ここのところちょっとお寂しそうで。わたしではどうにも形ばかりの世間話で終わってしまって。お嬢さんがお顔をお見せになれば喜んでくださると思いまして」

惣介はご一緒していただけませんかと里久を誘う。

「でも……」

「三益屋のご新造さまでしたら、今日もきっとおいでになりませんでしょう」

番頭は里久の心配を先回りする。

「そっか……そうだね。ちょっと待っておくれ。いま仕度をしてくるから」

里久は急いで奥へ半纏羽織をとりにいき、惣介と出かけた。

師走の伊勢町河岸通りはいちだんと往来が激しい。正月に向けて荷もどんどん江戸へ入ってきて、堀の荷揚げ場から人足たちのかけ声が澄んだ空に響いている。大根や卵売りのほかに、暦売りや破魔矢売り、福寿草売りなど、この時季ならではの振り売りの姿も見られる。

「すっかり年の瀬だねえ。ご隠居さまに土産にひとつ買っていこうか」

里久は惣介とつぼみがほころんだ福寿草の鉢を選んで、隠居の住まいがある松島町へと赴いた。

里久が手代頭のうしろからひょっこり顔を出すと、隠居は喜び、盛大に歓迎してくれた。土産の福寿草を「まあまあまあ」と受けとり、さっそく床の間へ飾ってくれた。頼んでいた寒紅を手にし、「いい年をしてなんだけどね、これもおまじないみたいなもんだよ」とはにかみ、板紅のことも聞いたと言って、里久の奮闘をたたえてくれた。

「せっかく来てくれたんだ。板紅ができるまでの話を聞かせておくれ」

隠居にせがまれ、里久は朝から炊いていたというぜんざいを馳走になりながら、両国広小路の小間物屋の男に睨まれたことや、板紅づくりが暗礁に乗り上げたとき、惣介をはじめ奉公人のみんなで知恵を出しあって商品にした経緯を身ぶり手ぶりをまじえて夢中で話した。

隠居は腹を抱えて笑い、たいしたもんだと惣介に感心し、お客の前で紅を塗らせた桃の機転に、さすが桃だと手を打った。

隠居のほうも、野良犬が庭に迷いこんできただの、池の鯉を鷺が狙っていたから箒で追っ払ってやっただの、身近におきた出来事を里久に楽しそうに話した。

「ああ、こんなに笑ったりしゃべったりしたのは久しぶりだよ。ありがとうよう」

隠居は満たされたように茶をすすった。

「ひとと話すのはやっぱりいいもんだ。こうやってご機嫌うかがいに来てくれてうれしいよ。膝も足も悪くなって前のように出歩けなくなった者には、よけいにうれしさが身に沁みるよ。なんせ年寄りの独り暮らしなんざ、女中がいても気づけば誰とも口をきかずに一日が終わってた、なんてことは珍しくないからねえ」

ひとりは気楽だが、寂しいもんだと隠居は言った。

「亭主がいたらまた違うのかもしれないがねえ……」

いっときしんみりした隠居だったが、いない者のことを考えたって仕方がないと豪快に笑った。

あっというまに時は流れ、惣介がいとまを告げた。

隠居は痛い足でそろそろと、門の外まで里久たちを送ってくれた。

「ごちそうさまでした。こんどは桃も連れてくるよ」

「きっとだよ。待っているからね」

里久は手をふり隠居と別れた。道の角を曲がるとき振り返る。隠居はまだ門の前に立っていて、里久たちに手をふってくれていた。

「あんなに明るいご隠居さまは久しぶりです」

惣介はやっぱり来ていただいてよかったですよと、背負っている荷を揺すりあげてまた歩きだした。

「それにしてもお嬢さん、番頭さんについてお客さまに出ていらっしゃることをどうしてお話しにならなかったんです」

話せばきっと喜んでくださいましたのに、と惣介は残念がる。

「そうだね。足の痛いのをおしてまで丸藤に来てくれるぐらいにね」

隠居のことだ。きっと里久の客になってやろうと無理をするに違いない。

自分のためにそんなことをさせたくない里久だった。

「なるほど、そこまでお考えでしたか」

惣介はお見それしましたと頭を下げる。

「やめておくれよ。それにさ、お客に出てるなんてたいそうなこと言えないしね」

「三益屋のご新造さまのことですか」

里久はこくりとうなずいた。

再度来てくれたあの日、それが癖なのか頬に手をあて、なんだかねえ、なんだかなのよと煮え切らないおとしに、里久はどんな櫛を求めているのか最後まで聞き出せなかった。

「ご新造さまは櫛を見立てることが、あまり楽しそうではないようですね」

そう言われてみればそうだった。身を飾る物を見立てるとき、誰しも少なからず胸が浮き立つものだ。表情にだって出る。息子の婚礼のために見立てる櫛ならなおさらだろう。なのに、おとしにはそれがない。いや、最初は目を輝かせて見てくれていた。

「それなら気に入る物がないというわけでもなさそうですね」

ましてや里久が心配した値段のことでもない。それなら――。

「どうして店に来てくれなくなったんだろう」

「気になりますか」

惣介が問うのに、里久はうなずいた。

「でしたら三益屋さんへご機嫌うかがいに行かれてはいかがです」

わたしならそうしますね、と長年丸藤を支えてくれている手代頭は言う。

「ご新造さまのお話をじっくり聞いてみてはいかがです。番頭さんについてのお相手といっても、お嬢さんはご新造さまの聞き役なのでございますから」

里久は藤兵衛の助言を思い出す。

「お父っつぁまもよい聞き役になりなさいって言っていたよ」

それはどんな品が好みだとか、そういうことをお客から聞き出すことだと思っていた。

「そればかりではございませんよ。よいことも、時には耳の痛いことも、愚痴や悩み、すべてにおいてお話をうかがうのが聞き役でございます。なに、難しいことはございません。さっきご隠居さまとされたようになさればよいのです」

でも、と里久は頭を抱えた。

「わたし、しゃべってばっかりだったよ」

太い眉を下げる里久に、惣介は、あはは、と朗らかに笑う。

「里久お嬢さんらしくていいじゃありませんか。それに、だからこそ話せることもございましょう」

きっとお嬢さんの魅力のひとつなのでしょうね。よいことです。惣介は里久を褒める。

思案橋に来ていた。橋の下を剣菱の薦樽をのせた舟がとおっていく。

「惣介、ここから翁屋は近かったね。いまからお饅頭を持って訪ねてみようかな」

「ええ、そうなさいまし」

惣介は橋を渡り、こっちが近いと堀江町四丁目の河岸道へ歩みをすすめる。

親父橋のたもとを左に折れ、翁屋がある照降町に入ったときだった。

男女の怒鳴りあう声が聞こえてきた。通りに人垣ができていて、近づいていくと傘屋の店前で女が男を罵っていた。驚く里久たちに、騒ぎを見物している老女が傘屋の夫婦さと教える。なんでも女房が法事で里帰りした隙に、亭主が吉原の小見世で遊んで、それがばれての夫婦喧嘩なのだという。

「こっちは毎日のやりくりで頭を抱えているっていうのに、よくも遊べたもんだ」

「おれの稼いだ金でなにしようと勝手だろ」

老女の話を聞いている間も、夫婦は互いにがなりあっている。

見かねた近所の者だろう、喧嘩の仲裁に入って、まあまあまあ、と女房をなだめる。

「なにがまあまあだ」

わめいた女房が道端にしゃがんでわっと泣いた。とたんに亭主はさっきまでの強気はどこへやら。おろおろしだし、おれが悪かったよぅ、と女房の肩を抱いてしきりに謝っている。老女がやれやれと離れていき、見物人の輪が散りはじめた。

里久もほっとする。さあ翁屋へ。向かおうとした里久の袖を惣介がつっと引いた。

「お嬢さん、あそこ、三益屋のご新造さまでございますよ」

「えっ、どこ」

いまから訪ねようとするひとがいると知り、里久は惣介の視線を追った。

傘屋の向かいにある下駄屋の軒下に、おとしが立っていた。

三益屋のご新造さま、そう声をかけようとして、里久はとどまった。

丸藤で見た、ふんわりほほ笑んでいるおとしと違い、いまのおとしにはなんの表情もない。さっきまで人目をはばかることなく喧嘩していた夫婦が、手をとりあって店内へ入っていくのをただじっと眺めている。

「またにしますか」

惣介も声をかけないほうがよいと思ったらしい。

「そうだね」

ふたりはそっと踵を返そうとした。が、少しばかり遅かったようだ。

おとしがこっちに気がついて、はっと体を強張らせた。里久たちにくるりと背を向け、そのまま行ってしまうかに見えたが、思い直したのか、また向き直り、ばつが悪そうにこっちへやってきた。

「こんにちは、里久ちゃん」

「ご新造さま、こんにちは」

里久がにこやかに返した挨拶に、おとしはほっとしたようだった。

「あの、里久ちゃん、よかったらこれからうちでお茶でもいかが」

おとしは胸に抱えている翁屋の包みを見せ、だめかしら、と里久と惣介、どちらにともなくきいた。

「喜んで。ね、お嬢さん」

惣介は愛想のいい笑顔で答え、里久に「番頭さんにはわたしから伝えておきます。気楽に、そのままで。いってらっしゃいまし」と囁いた。

おとしは里久を三益屋の店座敷に招き入れた。店番をしていた女中に菓子の包みを渡し、茶を出すよう言いつけ、火鉢のそばへ座布団を置いた。

「里久ちゃん、遠慮しないで。いまは誰もいないのよ」

師走になり時計の調整や修理の依頼が増え、夫も奉公人たちも客の屋敷や寺へ出払い、おとしがひとりで店番をしているのだという。

「店番といっても、前をとおる大八車や人の足をぼんやり眺めているだけですけどね」

すっかり退屈してしまって、女中に店番を押しつけて甘いものを買いに出かけていたのだと、おとしは首をすくめる。

里久はすすめられた座布団に腰を下ろし、店内をしげしげと見回した。

昼間だというのに薄暗い店座敷には時計がずらりと並び置かれ、静かに時を刻んでいた。里久の背よりも高い柱時計。錘がいくつも下がっている時計。火の見櫓の形に似た時計。丸い香炉のようなものもある。横長の時計は土台のすべてに螺鈿がほどこされている。

「これが大名時計かあ。すごいもんですねえ」

「里久ちゃんはうちの店に来たのははじめてね。薄暗くって、娘さんひとりじゃ、ちょっとおっかないものね」

じつは三益屋をのぞいたことがあった。

里久はいたずらを白状するように告げた。

「まあ、いつかしら？」

おとしがたずねる。

あれは品川から戻ってきてすぐのころだったと、里久は気恥ずかしくなりながら話した。妹の桃と一緒にお茶やお花の稽古に通わされて、いやで逃げていたときだ。

おとしも里久が品川へ養生に出ていたことはよく知っていた。

「そうね、戻ってきたすぐのころは、お須万さんの里久ちゃんを叱る声が庭づたいによく聞こえてきたものだから心配していたのよ。だけどそれもこのごろはなくなって。こちらの暮らしにも慣れたんだろうと思っていたけど、この前うかがったとき、あなたのにこやかな顔を見て、やっぱりそうだと安心したの」

「ご新造さま……ありがとうございます」

自分の知らないところで、気にかけてくれるひとがいる。そのことがとてもありがたいと里久は思った。

「そのころはまだ三益屋さんがなんのお店か知らなくて」

里久はのぞいたときの話をつづける。

とおりすがりに目を凝らしても、暖簾の隙間から見える店内は薄暗くてよくわからない。どうせ家に帰ったって叱られるだけだと思い、里久は三益屋の暖簾をくぐったのだった。

三益屋が時計屋だと知って里久は驚いた。

「品川にいるとき、いちどだけ時計を見たことはあるけれど」

大きな旅籠に時計が来たからと、手習い所のお師匠さんが教え子の里久たちを見物に連れていってくれた。みんなで口を開けて見上げた時計は、柱時計だった。

「でもこんなにたくさんの、それもいろんな時計を見たことがなかったから」

「せっかく店に来てくれたのなら声をかけてくれればよかったのに」

「それが……」

あの日も店には誰もおらず、たくさんの時計を前に、さあ、どれからじっくり眺めようかと里久が一歩前に足を踏み出したそのときだ。

「時計がいっせいに鳴りだしちゃって」

ボーンボーン。カンカン。チンチンチン。

里久はもうびっくり仰天だ。そのまま一目散に丸藤へ逃げ帰ってしまったのだった。

「心の臓が口から飛び出るって、きっとああいうことを言うんですよ」

大まじめに話す里久に、おとしは腰を折って笑う。

「ああ、おかし。そりゃあ災難だったわねえ」

おとしは笑いすぎて目じりにわいた涙を指先でぬぐったが、おやっと首をかしげた。

「丸藤さんにも時計はあるでしょうに。たしかだいぶ昔に注文をもらっていましたよ」

おとしは憶えていた。

「それが壊れていて、ずっとしまったままなんです」

里久は残念だとため息をもらす。

「たしか、お父っつぁまは枕時計って」

「そうそう枕時計でしたよ。同じものはないけど。ほら、そこにあるのがよく似ているかしら」

おとしが指をさしたのは四角い真鍮製で、針と文字盤の周りには異国の珍しい草花の模様が彫られていた。

「へえ、これが枕時計」

「鳴らしてみましょうか」

針や文字盤の上には鐘があり、鐘のすぐ下の小さな細い二本の棒が右に左に半円を描きながら動いた。カーン、カーンと伸びやかな音が静かな店内に響く。

「いい音」

里久はうっとりだ。目を閉じて胸の前で指を組み、聞き入った。

「ご新造さま」

女中が菓子鉢と茶を持ってやってきて、また奥へ戻っていった。

おとしは里久の前に茶を置き、どれが好きかしらと鉢を傾けた。

鉢には練りきりや饅頭、求肥が並んでいた。

「わあ、どれにしようかなあ。迷っちゃうなあ」

ついくだけた物言いになってしまい、里久はしまったと口を押さえた。

おとしがふふっと笑う。

「いいのよ。ついでにご新造さまもやめて、おばさんて呼んでちょうだい」

「じゃあ、おばさんで。ふう、言葉だけはなかなか慣れなくて」

三益屋をのぞいたころ、里久は自分のことをまだ「おれ」と言っていて、そのたびに母や妹をぎょっとさせていたと話し、おとしをまた笑わせた。

さんざん迷ったあげく、里久が選んだ菓子は、紫に黄色、えび茶と色とりどりで鞠を模した練りきりだった。

「なんてかわいらしいんだろ。食べるのがもったいないぐらいだよ」

と言いながら、里久はさっそく黒もじを使って菓子を頬張る。

「おいしぃ」

やさしい甘さに里久はにっこりだ。そんな里久を眺め、おとしはしみじみと言った。

「娘がいたらこうしておしゃべりしながらお茶を楽しめるのねえ。お須万さんがうらやましいわ」

「おばさんにだって息子さんがいなさるじゃない」

「息子なんてそっけないものよ。ときどき顔を見せに来たって、ろくに口もきかないんだから」

「じゃあお嫁さんがきてくれたらにぎやかになるね」

「ええ、それが楽しみなの。でも当分別々に暮らすのだけどね」

息子はまだ奉公先で修業をつづけるのだという。

「こっちに戻ってきたらお嫁さんと仲良くしてやってね」

「もちろん。楽しみに待ってる」

「ありがとう」

おとしが選んだのは、赤い椿(つばき)の花を模した練りきりだった。

おとしと里久は、しばらく黙って茶と菓子を楽しんだ。

カチン、カチン、と時計の時を刻む音が響いている。

「ねえ里久ちゃん、さっきのあれ。よそさまの夫婦喧嘩なんか見物してと呆(あき)れたでしょ」

おとしが上目づかいで里久を見た。行儀の悪いところを見られたと恥じているようだ。

「それを言うならわたしだって」

里久はにっと笑う。

「それにしても夫婦喧嘩なんて見たことないんじゃない。さぞ驚いたでしょうね」

たずねるおとしに、里久はとんでもないと首を横へふった。

品川の叔母のところは網元だ。漁師たちは困りごとができればすぐにやってくる。

「だからあんな夫婦喧嘩なんてしょっちゅうだったよ。おばさんこそ驚いたんじゃない」

あの場から離れたくても足が動かぬほど仰天して、立ちすくんでいたのではないか。

「そんなふうに見えた？」

「違うの？」

「違うのよ。うらやましくって目が離せなかったの」

若いひとはあんなふうに自分の気持ちを言いあうのね。怒っている女房が眩しかったとおとしは言う。

「でも夫婦喧嘩だよ」

「あら、だからいいんじゃない。おばさんのころは夫を立て、不満があっても我慢しなさい、女房のほうから先に折れなさいって教えられて育ったものよ。昔はね、みんなそう」

「じゃあ、夫婦喧嘩したときはおばさんから謝るの？」

「さあ、どうかしら。喧嘩したことないから」

里久の菓子を口に運ぶ手がとまった。

「それはお嫁にきてからいちどもってこと？」

「ええ」

「へえー、おばさん夫婦は仲がいいんだねえ」

そこでおとしは眉根を寄せた。

「あら里久ちゃん、喧嘩しないから仲がいいとは限らないのよ」

「えっ、そうなの？」

「そうなの。そこが夫婦の難しいところよ。あらいやだ。若い里久ちゃんに聞かせる話じゃないわね」

「そんなことないよ。年が明ければわたしも十八。いつかお婿さんを迎えないといけないし」

「あら、そんなお話があるの」

「ぜんぜん」

さあっぱり、と里久は首をすくめる。

「もう、里久ちゃんには笑わされっぱなし」

おとしの寄っていた眉間がゆるむ。

「ねえ、おばさん」

こんどは里久が上目づかいでおとしを見た。

「お見立てのお手伝いでなにか気を悪くさせていたらごめんなさい」

謝る里久に、おとしはきょとんとする。

「まああ、そんな。違うのよ。わたしったらいやだわ、そんなふうに思わせていたのね。こちらこそごめんなさいね」

おとしはあのままなにも言わずに、店を訪ねなかったことへの非礼を詫びた。

もしかして……と思っていた里久は、なにも不調法がなかったと知り、胸をなでおろす。

おとしは気に入る品がなかったのでもないと里久に告げる。

「どれもこれも欲しいぐらいよ」

でもね、とおとしはそこで口をつぐんだ。話そうかよそうか逡巡しているようだ。

里久を見つめる目は、まるで櫂を流された小舟のように心許なく揺れる。

里久は待った。おとしがふんわりとほほ笑んだ。

「そうね、いらぬ思いをさせちゃったし、里久ちゃんには聞いてもらおうかしら」

さっきの夫婦の話に戻るのよと前置きし、おとしは子育てや舅姑の世話で忙しい日々を夢中で過ごしてきたのだと、ぽつりぽつりと話しだした。

「そりゃあね、わたしだって腹の立つことや道理に合わないと感じたことは山ほどありましたよ。夫に聞いてほしくて、ちょっと聞いてくださいましって、話しもしましたよ」

しかし夫は聞いているのかいないのか、返ってくる言葉を待っている間にまた別の用事ができ、自分の気持ちはうやむやのうちに終わる。そのくり返しだったと、おとしは深いため息をついた。

「夫の頭の中の大半は時計のことよ。そんな夫に聞いてくれないって、いちいち腹を立てるのも疲れてしまって。面倒にもなって、こんなものかといつしか諦めてしまったわ」

母親や嫁の役目がすんでふたりきりになっても、会話らしい会話はない。

話しても、返ってくるのは、ああ、うん、の返事ばかり。

元気でさえいてくれたらそれでいい。そう思うようにしてきた。

「でも先だって丸藤さんにおじゃましたとき、番頭さんの言葉が胸に堪えてね」

――ご夫婦仲睦まじく共白髪、よろしいじゃございませんか。

「家に帰ってからつくづく思ったのよ。このままこんな夫婦で終わるのか。こんな夫婦のまま並んで息子の婚礼を祝うのかって。そしたらなんだか虚しくなってね」

そしてさっきの喧嘩である。

「諦めなきゃどうなっていたんだろうって思ったの。あんなふうに喧嘩して、うるさがられても自分の気持ちを伝えつづけていたら、どんな夫婦になっていたんだろうって」

「おばさん……」

おとしはあのとき呆然と、悔恨に沈んでいたのだ。

「寂しいものよ。だって、そばにいるのにまるでわたしはいないみたい」

おとしは手を前でぶらりとさせる。

「まるで幽霊だわ」

と自分を茶化すように明るく言う。が、その声は微かに震えていた。

青物問屋の女隠居は、ひとりは寂しいもんだと言っていた。

――亭主がいたらまた違うのかもしれないがねえ……。

しかしおとしは、ふたりでいる寂しさを味わっている。ふたりだからこそ、いっそうつらかろう。

「そんなこんなで里久ちゃんところに行かなかったの。本当にごめんなさいね」

いらぬ心配をさせてしまってと、おとしは再度謝る。

「ささ、もうひとつお菓子をおあがりなさいな」

菓子鉢を差し出すおとしの手に、里久は手を重ねた。

「おばさん、まだ諦めちゃだめだよ。ためしに喧嘩してごらんよ」

おとしは呆気にとられる。

「喧嘩って……いまさら。それになにを怒るっていうの。あの夫婦のように女遊びをしたわけでもないのに」

「怒る理由なんてひとそれぞれだよ。腹が立ったら怒ればいいんだよ」

里久は「がんばるんだよ、おばさん」とおとしを精いっぱい励まし、三益屋を辞した。

「――それで喧嘩をけしかけてきたんですか」

丸藤に戻って事情をかいつまんで話すと、惣介は呆れた。

「やっぱりまずかったかな」

里久も帰ってからよくよく考え不安になった。

自分がよけいなことを言ったばかりに、おとしが悲しい思いをしないとも限らない。もしそんなことになってしまったら。

「惣介、どうしよう」

青ざめる里久の手には、おとしが持たせてくれた求肥の菓子が懐紙に包まれてのっていた。


次の朝、いちばんに丸藤の暖簾をくぐったのは、職人風の年配の男だった。

土間に立った男に、帳場で手代になにやら言いつけていた番頭が驚いて出ていく。

「これはこれは三益屋の旦那さまではございませんか」

それを聞いて長吉と白粉の肩掛けを畳んでいた里久はひやっとした。

おとし夫婦がさっそく喧嘩をして、よくもけしかけてくれたもんだと、夫の五平が乗りこんできたのかと思った。店座敷で惣介も身を硬くしている。

「本日はまた何用でございましょう」

番頭の声がつづく。

五平は年の割にはがっしりとした体に着物の裾を尻端折りにし、下は紺のパッチという出で立ちだ。げじげじの眉にどんぐり眼。にこりとも笑わず、仏頂面で黙って立っている。いかにもおっかなそうだ。里久は覚悟を決めた。怒られるならさっさと怒られよう。五平の前にすすみでて、「はじめまして里久でございます」と挨拶した。いまにも雷が落ちてきそうで、里久は目を瞑って膝の上に拳を握る。しかし怒鳴り声は聞こえてこない。そっと目を開けると、五平はぎろりと里久を見ていた。

「こちらの旦那の時計が壊れたと聞いたんで直しに来たんだが。お父っつぁんはいなさるかい」

と、ぶっきらぼうにきいてきた。

藤兵衛が五平は職人かたぎの御仁だと言っていたが、口つきも大店のあるじというより職人のようだ。五平は上がらせてもらうよ、とさっさと草履を脱ぐ。

「は、はい」

里久はこちらへどうぞと五平を奥へ案内した。

あるじ部屋で、藤兵衛のしまってあった時計の箱が五平の手によって開けられた。

五平は箱から取り出すと、時計の具合を調べはじめた。

金色の時計が木枠にはめこまれている四角い形のものだ。台の部分には蔦が絡まる模様が細い彫りでほどこされている。

「わあ、すてきだねえ。どこが壊れているんだろう」

里久は怖さより好奇心が勝り、五平の真似をして顔を時計に近づけたり、耳をあてたりした。

「じゃまだ」

五平は時計を引き寄せると、側面の板を外し、中から小さな部品をつまみあげた。

歯車のひとつが折れていた。

「落とされましたか」

「いやはや面目ない」

と藤兵衛は首の後ろを叩いた。

「もういけませんかね」

「いや、部品を替えれば元のように動きますよ」

「直せるなんて、すごいもんだねえ」

里久は箱の中の複雑なからくりをのぞきこむ。

「これがうちの商いだ」

と五平はそっけない。

「あんたは時計に興味があるのか」

五平にきかれ、里久はうなずいた。

「見えない時を計れるなんてすっごく不思議だよ」

「見えない時を計るか。おまえさん、おもしろいこと言うな」

五平の口端がわずかに上がった。

「そいじゃあ、今日はこのままお預かりしていきやす」

五平は時計を箱に戻して風呂敷に包んだ。

里久はまた店まで五平を案内する。

廊下をすすみながら、いつごろ直るだろう。どんな鐘の音がするんだろう。思いつくままにしゃべっていたら、うしろからついてくるはずの五平の足音がしなくなっていた。それに気づいて里久は振り返った。五平は奥座敷に曲がる廊下で立ちどまり、そこから見える中庭を眺めていた。白と黒の羽のセキレイが、積もった雪の上をちょこちょこ歩いては、チチージュイと鳴いている。

「おじさん？」

五平は里久の声に顔を戻した。

廊下をまた歩きだし、じゃましたな、とひと言、そのまま店から出ていってしまった。

「相変わらず大店の旦那さまにしては無愛想なお方ですね」

五平を見送った番頭が帳場へ戻ってゆくと、惣介がすっと里久に寄ってきた。

「大丈夫のようでございましたね。きっとお嬢さんがうかがったことで、おふたりの間で話が弾んだんでございますよ。夫婦ってなにかちょっとしたきっかけでうまくいくってことよくありますから」

「そうなの？　ならいいんだけど」

はたしてそれから三日後、おとしがまた櫛を見せてくれと丸藤を訪ねてきた。

番頭はほかの客に出ていて、里久は待つというおとしを小座敷に案内した。

座敷でふたりになると里久は手をとって喜んだ。

「櫛を見立てるお気持ちになれたんですね」

きっと惣介が言うように、五平との会話が弾んだのだろう。

おとしが思い描くような夫婦になれたということだ。

喧嘩をけしかけた手前、責任を感じていた里久は大いに安堵した。

「おじさんもさっそく直しに来てくれてね」

里久は改めて五平に伝えてくれた礼を述べた。

喜んでいる里久に、おとしが不敵な笑みをもらした。

「したのよ、喧嘩」

里久は「えっ」と絶句した。

「里久ちゃんが来てくれたその日に、さっそく喧嘩をしたのよ」

おとしはふふふと笑う。

「怒る理由なんてひとそれぞれだって里久ちゃん言ってくれたでしょ。わたしね、ほんとうにそうだと思ったの。だから腹が立ったから怒ってやったのよ」

おとしは座敷に誰も来ないことをたしかめ、ひとに話すことじゃないけれど、でも里久ちゃんにはご報告しないとね、とひそっと言って、あの日の夕餉(ゆうげ)のことだったのよと語った。

夕餉の席でおとしは珍しくよくしゃべった。隣の里久がやってきたこと。一緒にお茶を楽しんだこと。やっぱり娘はいいとか、そんなようなことを話した。

おまえさま聞いていなさいますか。

五平は上(うわ)の空で返事をする。

「明日の修理に向かう屋敷をどこから廻れば都合がいいか、頭の中で絵図を広げて線を引いているのよ。長年夫婦をしているからわかるの」

いままでのおとしならここで黙った。冷や飯に熱い湯をかけ、さっさと飯を終わらせていた。でもその夜のおとしは話しつづけた。

「ねえ、おまえさま聞いていなさいますか」

何度めに言ったときだろう。

「ちょっと黙っててくれ」

と五平が怒鳴ったのだ。

おとしは持っていた飯茶碗を箸ごと膳へ戻した。ガシャンと派手な音に驚いて、五平は鰯の煮つけから顔を上げた。そのぽかんとこっちを見つめる夫に、おとしは顔を真っ赤にして言ったのだ。

「だったらいつ話せばいいんです。どんなことならおまえさまの耳に届くんです。時計のことですか。それならいま言いましたよ。丸藤の藤兵衛さんの時計が壊れてますってね。今日、娘の里久ちゃんが遊びに来てくれたとき、教えてくれたんですよって」

おとしは五平ににじり寄り、己の胸を叩いた。

「おまえさまには、わたしが見えていますか。わたしに白髪がふえたこと知っていなさいますか」

「そ、そんなもの、年をとれば誰だってふえる」

五平はおとしの剣幕にたじろぎながらも言い返す。

「そうです、わたしたち年をとったんですよ。互いに話もせず、笑いもせずにね。そうやってこのまま年をとりつづけるおつもりですか。わたしはまっぴらごめんですよ」

「どうしろっていうんだ」

「話したいんですよ。難しいことなんて言ってやしません。おんなじ花を見てきれいだねって言いあいたいんです。ときにはやさしい言葉だってかけてほしい――」

「いつもすまねえとかか。そんなこたあ思ってるさ」

「なら声に出したらどうなんです。妻にねぎらう言葉を出し惜しみするような夫なんて、こんこんちきのとうへんぼくですよ」

あんぐりと口を開けて聞いている里久に、

「ええ、ええ、言ってやりましたとも」

と、おとしは胸をそらす。

「そしたら怖くなったのかしら。次の日には丸藤さんにすっ飛んでいったわ」

「それでおじさんはどう」

五平は変わったのか。

「里久ちゃん、ひとはそんなに簡単には変われないものよ」

丸藤にやってきた五平の様子を思い出し、里久はやっぱりと眉を下げる。

おとしが思い描くような夫婦にはまだなれていないのだ。

「でもね、わたしは変わったのよ。これからは言いたいことはどんどん言うわ。共白髪だってもう怖くない、楽しみなぐらいよ」

だから櫛を見に来たのよと、おとしはふんわりとほほ笑む。

変わらないやさしい眼差しに、しゃんと前を見つめる清さがある。

「櫛をもういちど見せてくださる」

「承知いたしました」

里久は丸藤自慢の櫛を、おとしの前にずらりと並べた。鼈甲、螺鈿、金蒔絵。松や宝船、菊花だ。そのほかに職人が新たに持ってきた櫛もはいっている。

「いかがでございますか」

「この前は派手だと思っていたけど、思いきってこれもいいかしら」

赤い珊瑚の意匠の南天の櫛だ。

髪に挿して鏡でどうかと眺め、やっぱりこっちかしらとやっているところへ、奉公人のおいでなさいませと客を迎える声がした。蝶の櫛を挿していたおとしの手がとまった。

「うちのひとの声が聞こえたようだけど」

里久は小座敷から顔を出した。と、長吉の案内で風呂敷包みを携えた五平が奥へ向かうところだった。

「さすがおばさんだ。待ってて、いま呼んできますから」

「里久ちゃんいいのよ」

とめるおとしにかまわず、里久は店座敷を横切った。

「おじさん」

「おう、直ったぞ」

五平は手にした包みをひょいと持ち上げた。

「いまおばさんに櫛を見てもらっているところなんですよ」

里久は五平を小座敷に引っ張った。

「お、おい」

五平もおとしも小間物商の小座敷に突然夫婦で座ることになって、戸惑っている。それでもおとしは、

「新助の婚礼に挿そうと思いましてね」

これなんかどうです、と櫛を挿した顔を五平に向けた。

「それよりこっちかしら。でもやっぱり派手ですかねえ」

蝶の櫛を外し、南天の櫛を挿し、また外した。

「おれは櫛のことはわからん。一緒に見立てるのはおまえさんの仕事だ」

五平は相変わらずぶっきらぼうに言って、里久をぎろりと睨む。

「だが……」

と、どんぐり眼を櫛のほうへ戻した。

「そのいちばん端にある」

「これですか？」

おとしは御所車の櫛の横にある鴛鴦の蒔絵の櫛を手にとった。

「そうだ。それなんか似合うんじゃねえか。それに、おまえ鳥が好きだろ」

あとはこの娘と相談しろと言って、五平は立ち上がった。

「ちょっと待って、いまおばさんに挿してもらいますから見てあげてくださいな」

しかし五平は「小僧さん案内してくんな」と、そのまま奥へ行ってしまった。

「おじさん待って、おじさんったらぁ」

里久は大いに残念がる。

見送っていたおとしがぷっと噴いた。

「あのひと、わたしが昔、鳥を飼っていたことを憶えていてくれたんだわ」

おとしは嫁ぐ前、鶯を飼っていたと話した。一緒に嫁いできたかったが、姑が生き物を嫌う女で、泣く泣く実家に置いてきたのだという。

「わたしのほうはもうすっかり忘れていたのに」

「おじさん、似合うんじゃねえかって」

「あのひとにしてはたいした変わりようですよ」

「おばさん、挿してみてくださいな」

里久はおとしに鏡を掲げる。

おとしは櫛をそっと髪に挿した。

鴛鴦の鮮やかな羽の色が、おとしの髪に華やかさを添える。

里久はぴかぴかに磨きあげた鏡の横で大きくうなずいて言った。

「とおってもお似合いでございます」

奥から、カーンカーンと時を告げる時計の鐘の音が響いてきた。

# 第五章　桃の含め煮

十二月も半ばに入ると町のあちこちで餅(もち)つきの音が聞こえだす。

「丸藤」の正月の餅は、毎年二十五日に町内の鳶(とび)に頼んでついてもらうのを恒例としている。鳶の男たち四、五人がひと組となり、蒸籠(せいろ)や臼(うす)や杵(きね)の道具一式を携えてやってきて餅をつくのだ。これを引きずり餅という。

そして今年も変わらず、丸藤の台所の広い土間では、朝から盛大に餅つきがはじまった。鳶たちが「よいしょお」と威勢のよいかけ声とともに餅をつき、丸藤の女たちが襷(たすき)がけに姉さん被(かぶ)りで、つきあがった餅を鏡餅や伸(の)し餅にしていく。あわただしくも楽しい作業だ。

鳶たちが過分な祝儀をもらって、ほくほく顔で次の家へ向かってからも、女たちの正月を迎える準備は終わらない。

須万と民は莚にずらりと並べた伸し餅を前に、いくつ切り餅ができるかと思案中だ。切り餅に塩魚を添えて親類縁者に配る「餅配り」という慣わしが昔からあるのだ。

桃は里久と柳の枝に小さく丸めた餅をさして、餅花づくりだ。正月に神棚や柱に飾りつける。里久がいまつくっているのは店の小座敷に飾るぶんだ。

その里久が「あいたたっ」と腰に手をあてたのを見て、桃はほらごらんなさいと呆れた。

「姉さんたら、あんなにはりきるからよ」

鳶の男たちが、そらよっ、ほいな、どっこいしょ、そらきた、と景気よく餅をつくのを、桃と里久も一緒になって板間から手調子をとりながら見物していたのだが、里久はかけ声だけでは飽きたらず、「わたしにもつかせておくれよ」と言ったが早いか、土間に下りて餅をついたのだ。桃はもうびっくりだ。「品川でもついていたんだよ」と言ったとおり里久は達者な杵さばきで餅をつき、鳶たちからやんややんやの喝采を浴びた。しかしつづけて受け手のこね取りをしたのはやりすぎというものだ。

「そうだね。ちょっとはりきりすぎたよ」

腰をさすりながら里久はちろりと舌をだす。

伸し餅を数えていた民が朗らかに笑った。

「そのおかげできめの細かいよい餅がつきあがりましてございますよ」

伸し板の上には皺ひとつない大きな鏡餅がある。すると民の横の須万が「あんまりおだてないでおくれ」と眉根を寄せた。

「まったくこの娘ときたら、振袖で杵を振り上げて餅をつくとは思いませんでしたよ。恥ずかしいったらありゃしない。いまごろ鳶たちがあちこちで話しているだろうよ」

ぶつぶつと須万のお決まりの小言がはじまった。

しかし桃は母親の変わりようにも少なからず驚いていた。

たしかに里久の餅つきに須万は顔を赤くしたり青くしたりしていたが、やめろとは言わなかった。前の須万ならとにもかくにもやめさせていた。

もう娘を型にはめようとしない母親の想いを、桃は強く感じた。

小言も以前に比べるとさっぱりしたものだ。いまだって話す相手はすでに里久から民へと移り、話題も今日の昼餉の献立になっている。

「温かいうどんにしておくれ。葱をたんといれてね。このところみんな、くしゃみや咳をして、少し風邪っぽいからね」

年の暮れも押し迫ってきて、奉公人たちは掛取りに連日精を出していた。

寒い外を一日じゅう走りまわっているものだから、どうしても体調を崩しやすい。

「それならすった生姜ものせましょうか。風邪に効くと言いますし。それに、うどんの汁は葛でとろみをつけたらいかがでしょう。冷めにくいし、体も温まりますから」

民は次々と案を出す。里久が「血の巡りもよくなるし、長吉のしもやけにも効くんじゃないかい」と言えば、それはいいねと須万も賛成した。

暮れは両親もなにかと忙しく、姉妹ふたりだけの昼餉となった。

「民のつくるものはほんとうにおいしいねえ。いつも感心するよ」

うどんをすする里久に、桃もそうねとうなずいた。

たっぷりの葱や生姜もいいが、やはり汁にとろみをつけたのがよかった。奉公人たちも大喜びだろう。

「姉さんも上手よね。今朝のお味噌汁もいいお味だったわ」

今朝は豆腐の味噌汁だった。青味は大根の菜を干した干葉で、しゃきしゃきとして歯ざわりがいい。

「そうかい、ありがとう。まあ、品川にいたころからしていたからね」

姉はこっちに戻ってからも、毎朝味噌汁を拵えている。

桃は膳にのぼるものは、民がつくるものとずっと思ってきた。だから姉の里久が味噌汁をつくったときには心底驚いたものだ。それがいまでは姉の味噌汁がないと落ち着かない。

桃がいちばん好きなのは、浅利の味噌汁だ。ふわりと磯の香り。貝の身はふっくらとやわらかく、味噌に浅利の出汁がとけあい、なんともいい味わいなのだ。

「桃だって牡丹餅をつくるじゃないか。教えてくれただろ」

「そうだけど……」

姉は十月の玄猪の日につくった牡丹餅のことを言っている。でも餡を炊いたり、糯を蒸したりするのは、みな民がしてくれる。桃がするのは丸めるだけだ。里久がひとりで味噌汁をつくるのを思えば、丸めるだけなどつくったとは言いがたい。

「桃は昼からどうするんだい」

里久が空になった丼と箸を置いてきいてきた。

「お民が伸し餅を切るのを手伝うわ」

「そうかい、じゃあわたしも商いをがんばるか」

里久はごちそうさまと手を合わせ、店表へ出ていった。

うどんをことのほか喜んだのは、手代の吉蔵だった。

掛取りに駆けずりまわってやっと戻ってきての、ひとり遅い昼餉だ。

台所に入ってきたときは寒風にさらされたせいで、歯を鳴らし体を震わせ、もう凍え死にそうだと騒いでいたが、旺盛にうどんをすすっているうち、冷えきった体も温まり、頬に赤みも戻り、食べ終えて台所から出ていくときは、「あぁ、生き返ったぁ」となんとも満ちたりた顔をしていた。

「お民はやっぱり料理上手よね」

板間で切り餅をもろ箱に並べていた桃は、流しで丼を洗っている民の背に話しかけた。

民の料理はすごいと桃はつくづく思うのだ。

「だって、おいしいのはもちろんだけど、食べるみんなを元気にするもの」

桃たちあるじ一家はもちろんのこと、とくに日々忙しく立ち働く奉公人たちにとっては、仕事の励みにもなっている。ときにはなぐさめられることだってあるだろう。

みなが民の料理を頼みにし、楽しみにしている。

そんな民を、桃はやっぱりすごいと思う。そして、うらやましく思う。

桃は目を閉じて夢想する。わたしもお民のような料理をつくれたら——と。

まぶたの裏でみんなが桃のつくったお菜をうまそうに食べている。

桃、おいしいよ。桃お嬢さん、おいしゅうございます。

桃ちゃん、すっごくおいしいよ。

「ねえ、お民」

桃は幼いころからそばにいてくれるこの奉公人に、密かな望みをこっそり伝える。

「わたしもお料理をつくってみたいわ」

丼をふきながら、そんなに褒めてもらってもなんにも出やしませんよと笑っていた民が、えっと振り返った。

「びっくりした？　前からね、ときどき思っていたのよ。お民や姉さんのように料理ができたらなって。自分の手でつくって食べてもらいたいなって……。でもおっ母さまは許してくれないわよね」

母の須万は姉のお勝手仕事にいまもあまりいい顔をしない。

「そうですねえ……」

民がせつなげに桃を見る。そこへ「ちょっといいかえ」と当の須万が台所へ入ってきた。民は急いで板間に上がって手をついた。

須万は餅配りの数を決めたからと言って、桃へ記した紙を渡す。

「家ごとに配る切り餅を分けといておくれ。あと、彦作にも十ばかり頼むよ」

それと、と言って須万は膝を民に向けた。

「正月の膳のことだけどねえ。どうだい、仕度はすすんでいるかえ」

「はい、ご新造さま」と民は答える。

「明日には青物屋が頼んでおいたものを持ってくる手はずになっておりますし、魚屋には仰せのとおり注文をとおしておきました」

「そうかい。あとはなにか忘れてやしないかえ。毎年のことだけど、ついうっかりもあるからねえ」

黒豆だろ、数の子だろ、田作りに、それから——ふたりは指を折ってたしかめてゆく。

桃は傍らでふたりのやりとりを聞きながら、丸藤の正月の膳を思い出していた。

皺の多い少し固めの黒豆。糸のように掻いた鰹節をまとって黄金色に光る数の子。

みんなで味わいながら新しい年を寿ぐ祝い膳だ。

そこで桃ははっとした。お正月なら――。

いつもは慎重な桃なのに、このときばかりは頭で考えるより先に、口が動いた。

「おっ母さま。お正月のお料理をわたしにつくらせてもらえないかしら」

「おまえにかい」

須万はさも驚いたと言わんばかりに、青眉をついっと持ち上げた。

「いきなりなにを言いだすかと思えば」

「わたしも姉さんみたいにお料理をつくってみたいのよ」

「おまえまでそんな……それに包丁も持ったことのないおまえが正月の料理なんぞ」

ちょっと無謀すぎやしないかと須万は戸惑いを強くする。

常のお菜を飛び越えていきなり祝いの膳の料理なのだ。

「やっぱりだめかしら……」

「そうだねえ……」

母と娘は互いの困惑の表情を見やる。そんなふたりの間に民がそっと割って入った。

「あのう、よろしゅうございますか、ご新造さま。さしでがましいようでございますが、この民がしっかりお教えいたしますので、どうぞ桃お嬢さんが台所にお立ちになるのをお許しくださいまし」

「でもねえ、これからおまえがいちばん忙しくなるんだよ。いいのかえ」

案じる須万に、民はもちろんでございます、任せてくださいましと豊かな胸をぽんと叩いた。

「そうだねえ……里久がやっていることをおまえにはだめだとも言えないし、お民がそう言ってくれるなら、桃、やってみるかい。それに桃もどこぞに嫁にいけばご新造さまだ。奥の切り盛りをしなくちゃならないし、台所仕事の段取りを知っておくのもいいだろうよ」

「まあ、おっ母さま、ありがとう。お民、ありがとう」

桃は両の手のひらを高鳴る胸にあてた。

だがすぐに須万は民に思案顔を向ける。

「しかしだよお民、つくるといったってなにがいいだろうねえ。桃にできそうなものといってもねえ」

許しが出たのなら、桃にはつくりたいものがあった。

「おっ母さま、わたし含め煮がいいわ。含め煮をつくらせてくださらない」

正月の料理では日持ちのする煮しめを重箱につめる家も多いが、丸藤ではお膳ということもあり、代々含め煮だった。根菜を鰹の濃い出汁でじっくりと煮含めるのだ。

民がほろりと笑い、いいんじゃありませんかと口添えをしてくれた。

「拵える日は大晦日ですし、それまでにいくどか試してもみられますし」

黒豆はできあがるのに時間がかかるし、黒豆じたいが貴重なものだからそう何度も試せない。数の子にしたって同じだ。含め煮なら、つかう材料は根菜と焼き豆腐だ。

「そうだね。じゃあお民、すまないけど頼むよ」

夕餉の席で、桃はさっそく正月の料理に挑むことを父の藤兵衛と里久に告げた。

ふたりは驚いたものの、とても喜んでくれた。里久など、

「わたしも一緒につくってみたいよ」

ともうやる気になっている。

しかし藤兵衛にとめられた。

「おいおい、里久は店にいてくれないと困るよ。あてにしているんだから」

大晦日の除夜の鐘が鳴り終わるまで、奉公人たちは掛取りに追われる。

「おまえは店でお客のお相手をしっかりつとめておくれでないと」

「そうだったね、わかったよ。桃、しっかりね」

「ええ、ありがとう姉さん」

「しかしなんだな、今度の正月は里久のついた餅に桃の拵えた料理で祝えるのかい」

こりゃあ楽しみだと藤兵衛が相好を崩した。

次の日の昼下がりである。

桃は襷がけをして、意気揚々と台所に立った。

「いいですか、お嬢さん。含め煮に使うものは、ご存じのとおり根菜でございます」

民が桃に指南する。土間に置かれた籠いっぱいの青物の中から、牛蒡、人参、里芋を笊に入れてゆく。焼き豆腐は今朝棒手振りから買い求め、流しの桶に入っているという。

「では洗ってまいりますから、ちょっとお待ちくださいまし」

勝手口から出ていこうとする民を、桃は引きとめた。

「お民、わたしも洗うわ」

「なにもお嬢さんがそのようなことまでなさらずとも。民がいたしますです」

しかし桃はいいえ、と民から笊をとりあげる。

「それじゃあ牡丹餅のときと同じだわ。お民、最初から最後までひとりでしなきゃつくったとは言えないでしょ」

「お嬢さん――わかりました」

桃は井戸端で民と一緒に根菜を洗った。

民が汲んでくれた桶の水は、手をつけると思わず「うっ」と声が出るほど冷たかった。しびれるほどだ。桃の白い手はすぐに真っ赤になってゆく。

かじかんだ手に「はあー」と息を吹きかける横で、民は手際よく牛蒡をごしごし洗ってゆく。その手はあかぎれだらけだ。薬が効いて前よりましになってはいたが、それでも指の節々に赤い筋となって痛々しい。

民の手を見ていたら、須万が民に「これからおまえがいちばん忙しくなるんだよ」と言っていたことがいまさらのように耳に届き、民に負担をかけていることに桃は思い至った。

「お民、痛いでしょう。仕事をふやしてごめんなさいね」

「心配ご無用にございますよ」

民はからからと笑う。

「そんなことより、次は皮むきでございますよ」

民は台所に戻ると、ここのほうが教えやすいですからね、と板間にまな板を置き、桃に包丁を持たせた。

「牛蒡は包丁の背でこそげ落とします」

民はごりごりと牛蒡の皮を削っていく。

「包丁にもこういう使いかたがあるのね」

桃はなるほどと感心する。

桃も見よう見真似(みまね)でやってみる。牛蒡はなんなく黒い皮を脱ぎ、白い身になる。

「そうそう、お上手でございます。できましたら一寸ほどに切って酢水(すみず)にはなします。手早くでございますよ」

そうしておけば灰汁で黒くなるのを防げるという。

たしかに皮を削いでいくうち、白が灰色を帯びてゆく。

「次は芋と人参でございますが」

「お芋は亀の甲羅に似せて六角形にするのよね。人参は梅の形だわ」

それがいつもの丸藤の正月の含め煮だった。

しかし民はお嬢さんにはちょっと難しくありませんかねえ、と遠慮げに言う。

「飾り切りは民がいたしますよ」

「だめよ。さっきも言ったでしょ。ぜんぶひとりでつくりたいの」

「では飾り切りはやめて、皮をむくだけにしては」

「それもだめ」

桃は飾り切りにこだわった。

「お民お願いよ、飾り切りを教えてちょうだい」

民はしばし困ったように桃の手もとに視線を落としていたが、

「じゃあ、やってみましょうか」

と己の包丁でゆっくりと切っていった。

「里芋の亀甲切りからでございますよ」

まずは上下を平らにするために横に切る。次に側の皮を少し厚めに、丸みを残しつつむきながら六角に形づくっていく。

「なるほど。そうするのね」

桃は真似てやってみる。

「最初は上下を切って」

包丁の刃を芋にあて、とん、とん、と切ってゆく。

「丸みを残しながら六角形に――」

しかしきれいな六角にはならず、いくつ切っても、どれもいびつで大きさもまちまちになってしまった。

「お民、人参も教えて」

民の包丁は人参を三寸ほどの筒状にしてゆく。側面の皮をむき、五角形に切る。角と角のちょうど真ん中に縦に切り込みを入れ、

「五角形の角が花びらの先っぽになるように。切りこみに向かって丸みをもたせるように切っていきます」

形が整えば横に切り、梅の花がいくつもできあがるという寸法だ。

「や、やってみるわ」

五角形も四苦八苦なのに、そのうえ花びらなど、どだい無理な話だった。

包丁を持つ手どころか、腕や肩や、体じゅうに力が入る。そんな桃を民は、はらはらと

見守る。切り終えたときには桃はどっと疲れてしまい、包丁をまな板に置いたとたん、肩で息をする始末だ。民もうしろに手をつき、体をのけぞらせて「ふう」と大きく息をはく。額にうっすらと汗まで滲（にじ）ませている。

なんとか切り終えた人参は、梅どころか欠片（かけら）といったほうがよかった。

桃は落胆した。はじめからうまくできるとは思わなかったが、これほどまでとも思わなかった。

唇を噛（か）みしめ落ちこむ桃に、

「だんだんとできるようになりますよ」

と民はなぐさめ、励ましてくれる。

民はそれからも、芋は粗塩（あらしお）で揉（も）んでぬめりをとること。米の研ぎ汁で下茹（したゆ）でしておくと芋も白くなるし、ぬめりもさらにとれること。こうしておかないとすぐに煮こぼれたり、煮汁がどろどろになったりすることを桃に教えてくれた。

切り終えたら芋、人参、牛蒡、焼き豆腐は、それぞれ別の鍋（なべ）に入れ、ひたひたにかぶるほどの出汁（だし）を張って煮てゆく。手間がかかるぶん、ご馳走（ちそう）なのだ。

「味つけは少しやわらかくなったら砂糖、酒を入れます。甘みを含ませたら最後に醤油（しょうゆ）と塩を加えて煮ていきますよ。火加減は弱く、じっくり煮含めるのが肝心でございます」

民は鍋を揺すって味をなじませ、小皿にとって桃に差し出した。

「味はご自分の舌でおぼえていくのでございます」

桃は小皿に口をつける。いつもは膳にのったものしか食べていないが、それよりは心もち薄い味つけだ。

「これでちょうどよくなるのね」

いい匂いがしてきた。

「できあがったら今日の夕餉にみなさんに召し上がっていただきましょう」

「ええ」

桃はくつくつと煮える鍋に蓋をした。

夕餉の膳の前で、桃はがっくりと肩を落とす。

大きさがまちまちなのが災いして、芋は固いのもあれば、どろどろに溶けたものもあり、悲惨なものになった。そのせいか、味も甘ったるくぼやけたものになってしまった。人参も同じだ。牛蒡と豆腐にいたってはみずくさい。

民はこうなることをわかっていたようで、驚かなかった。しかし桃は大いに驚き、落胆した。

「ねえ、やっぱり出すのをやめましょうよ」

桃はみんなの膳にのせるのをいやがった。一日働いて出てきたものがこれでは疲れが増すというものだ。それに、いままでなんでもそつなくこなしてきた桃なのだ。なのにこんなものしかつくれないとは。恥ずかしくてたまらない。しかし民は「お嬢さんがはじめておつくりになったものですから」と木匙ですくって小鉢によそう。「それに食べ物を粗末にしてはいけません」と言われれば、そのとおりだった。

「ごめんなさい」

桃はうつむき、両親と里久に小声で詫びた。

奉公人たちはどんな顔をして食べていることだろう。

「あたしの教え方が悪かったのでございます。あいすみません」

お櫃の横に控えていた民が頭を下げる。

「お民のせいじゃないわ。わたしの包丁づかいがへただから」

「最初は誰だって失敗はつきものだ。気にすることはないさ」

父の藤兵衛は芋だけでもいろんな歯ごたえがあっておもしろいぞと変なたぐさめかたをする。

「そうそう、崩れたところがまたおいしいんだよねえ」

これだけできたら立派なもんだと、里久はとろけた芋を飯にのっけてかぶりつく。

ふたりの気遣いがわかるだけに、桃はますます情けなくなる。

須万が不格好な、とても梅の形とはいえない人参を箸でつまんだ。人参は煮崩れて、ぼとりと器へ落ちる。

「桃、飾り切りはお民にまかせなさい。包丁を持ったことのないおまえがいきなりは無理ですよ」

いいね、わかったねと諭す須万に、桃は「いいえおっ母さま」と抗った。

「わたしやるわ。やりたいの」

いつも母親に従順な桃がこんな頑なな態度をとるなんて。里久も藤兵衛も箸を口にくわえたまま驚いている。須万本人も面食らったようだ。桃をしげしげと見る。

「なにをそんなにむきになっているんだい。そりゃあ、お父っつぁまや里久にきれいな含め煮を食べさせたいという思いはわかるよ。でもね――」

そこで須万の言葉は切れた。ちらりと民を見る。

民はなんとも言いようのない表情で目を伏せた。

須万はまた桃に視線を戻す。袂をぎゅっと握っている娘に小さくため息をもらした。

「わかったよ。じゃあがんばってごらん」

「ありがとう、おっ母さま」

桃はほっとした。

芋を頰張ったまま様子を見守っていた藤兵衛と里久も、やっと口の中のものを飲みこんだ。

次の日から、桃は朝から勇んで台所へ立った。

芋と人参をなんとかしなければ。このふたつの材料を笊に入れ、井戸端で洗う。台所へ戻り、まな板の前へ膝を揃える。朝餉に使った膳をふいていた民が、桃の横に座って今日もお手本を見せてくれた。民の手で芋も人参も、あっというまにきれいな亀甲や梅になってゆく。

桃は慎重に包丁をつかう。何度も何度もくり返す。大量にむいた歪な根菜は、含め煮のほかに、その日の昼や夜の汁の具となっても、まだあまってしまうほどだった。

練習を重ねた甲斐もあり、翌日には芋は亀甲の形にどうにか見えるぐらいにまではなった。が、人参は大晦日の前日になってもできなかった。

まな板の上に仕損じた人参が増えていく。

これではとてもじゃないが、祝い膳に出せやしない。

桃はまな板に包丁を置いた。

こんなにもできないことってあるのね……。

自分の甘さを思い知った。

桃は手を見る。この数日で桃の手はすっかり荒れた。

民は魚の棒手振りと話している。勝手口には次々と棒手振りが顔をのぞかせる。台所を見回せば、昼餉の仕度が途中のままだ。井戸端には盥（たらい）に奉公人の肌着が山積みになっていた。

結局、民に迷惑をかけるばかり。

民が前垂れで手をふきながらいそいそと桃のもとへ戻ってきた。

「どうなされました」と顔をのぞきこむ民に、桃は告げた。

「お民、わたし……お料理をするのをやめるわ。こんな忙しいときにわたしのわがままに付き合わせてごめんなさい」

「あたしのことはいいんですよ。それよりせっかくみなさんが楽しみ――」

言いかける民に、桃は明るい声を出した。

「いいのよ。不甲斐ないけど仕方がないわ。いつものようにお民のおいしい含め煮があればみんな喜んでくれるわ。そうよ、わたしが無理してつくるよりそのほうがずんといいわよ」

そうと決まれば片づけちゃうわね、と桃はさっさと包丁とまな板を持って勝手口から外へ出た。

桶の水で手を洗う。芋の灰汁（あく）でだろう、爪の中の黒い汚れはなかなかとれない。

冷たい北風が井戸端を容赦なく吹き抜けてゆく。

桃は立ち上がり濡（ぬ）れた手のまま鉛色の空を見上げた。

「食べてほしかったなあ」

つぶやいた想いは白い息となって天へとのぼる。と、天からも白いものがふわりと桃の
もとへ落ちてきた。

「雪だわ」

雪は桃の濡れたまつげの上にも落ちてくる。

「桃、ここにいたのかい」

勝手口に姉の里久が立った。

「おっ母さまが晴れ着を着てごらんって呼んでいるよ」

里久が瑠璃紺の地に大ぶりの梅花模様の振袖を羽織って、奥座敷でくるりとまわった。

「どうだい、似合うかい」

「姉さん、すてきだわ」

大きな花柄は里久の元気な笑顔とよく合っている。

姉はここへ戻ってきた当初、振袖は重いだの、裾や袖が長ったらしいだのといやがっていた。でもいまではここの暮らし同様、大店の娘らしい形にもすっかり馴染んでいる。それが桃はとてもうれしい。

「桃もすんごくきれいだよ」

桃の晴れ着は桜鼠の地に緋色の牡丹の振袖だ。艶やかな柄行きは桃を一段と華やかにする。

「ふたりともよく似合ってますよ」

やっぱりこの反物にしてよかったと須万はふたりに満足そうだ。

「ささ、おまえたち、しつけはとったから箪笥にしまっておくんだよ」

須万がそろそろ花屋が来るころだと座敷からあわてて出ていったものだから、桃は正月の料理づくりをやめることを言いそびれてしまった。

里久はまだ長い袖をひらひらさせている。

そんな姉を妹はぼんやりと眺めた。

この天真爛漫な姉が毎朝あんなにおいしい味噌汁をつくっている。葱や大根の包丁づかいも味つけも、どうやったらあんなに上手にできるのだろう。

あんまり見つめていたものだから、里久が戸惑ったように桃の顔をのぞきこんできた。

「やっぱり似合わないかなぁ」

太い眉を下げ、身をよじってしげしげと己の姿を検分する。

あらぬ誤解を与えてしまい、桃は急いでそうじゃないのよと手をふった。

「違うのよ姉さん、ほんとうによく似合っているわ」

桃はじっと見ていた理由を里久に告げた。

「どうしたらわたしも姉さんのようにお料理が上手にできるのかしらと思っていたの」

「料理といったって味噌汁だよ。それに桃だって上手じゃないか。味だってどんどんおいしくなっているし、包丁だってうまくなっているよ」

「あんなんじゃだめなの。人参だってまともに切れやしない」

情けなさで桃の声は掠れる。

「ねえ、どうしてそんなに飾り切りにこだわるんだい。そりゃあ、めでたいだろうけど」

里久は首をひねって不思議がる。

「姉さんはまだお民の料理でお正月を祝ったことがないんですものね。見たらわかるわよ。お民の含め煮はおいしいのはもちろんだけど、そりゃあきれいなの」

朱塗りの平椀に亀甲の芋に牛蒡、焼き豆腐が盛られ、人参の梅が彩りを添える。

「すっきりとしていて、華やかで。なんだかこう、気持ちが明るくなるっていうか」

新しい年がいい年になるって思わせてくれる。

そんな含め煮を桃もつくってみたかった。

里久はへえ、さすがお民だと感心する。

「姉さん、わたしには無理みたい」

笑おうとしたのに、桃はうまく笑えない。

「ねえ桃、いいこと教えてあげようか」

里久がにっとする。

「わたしだってはじめから味噌汁がおいしくできたわけじゃないんだよ」

「そうなの？　姉さんでも？」

「そりゃそうだよ。はじめて浅利の味噌汁をつくったときなんて、そりゃあひどいもんだったよ」

貝から潮の風味の濃いうまみが出るなんて知らなかったものだから、味噌を入れすぎて辛くって飲めたものではなかったと、里久は話した。

「おまけに砂だしをすることも知らなかったから、浅利の身を嚙むとじゃりっといってね。あのときの兄さんの顔を桃にも見せてやりたいぐらいだよ」

里久は「こんなだったよ」と半分白目になって大げさに舌をだした。

「やだ姉さんたら」

桃はくすくす笑う。

「じゃあ、姉さんはどうやってうまくなったの？　やっぱり毎日つくったからかしら」

「それももちろんあるけど、最初はひとに助けてもらったよ」

浅利の砂だしは叔父さんに。葱を刻むのは兄さんに。

「味をつけるのも兄さんだったなあ」

「それじゃあ姉さんはつくってないじゃない」

「そ、お椀によそうだけ」

里久は、あははは、と笑う。

「最初は誰だってそんなもんさ。商いだってそうだろ。番頭さんや手代頭の惣介や、みんなや、桃にも教えてもらったり、助けてもらったり。そうやっておぼえていってるだろ。それと同じだよ」

そう、そうやって姉はできることをひとつひとつ増やしていく。

「ねえ、桃、ぜんぶひとりでしなくったっていいんじゃないかな。お民に手伝ってもらったっていいじゃないか。桃は自分ができることをできるようにすればいいんだよ」

わたしはそう思うけどな、と里久は桃の手をとった。

「こんなに手が荒れるほどがんばってつくった桃の料理。お正月に食べられるなんて、それだけでわたしはすっごく幸せだよ」

「姉さん……」

時計の音が遠くに微かに聞こえた。あるじ部屋の枕時計だ。昼の四つ半（午前十一時ごろ）を報せている。

「あっ、惣介が出かけるって言ってたんだ。店に戻らなくっちゃ」

「姉さん、わたしが簞笥にしまっておくわ。早く脱いで」

「助かるよ。桃、おかたじけ」

里久は晴れ着を桃へ託すと拝み手をして廊下へ出ていった。

すぐに「これ里久」と母親の娘を叱る声が聞こえ、須万がぶつぶつ言いながら戻ってきた。部屋に桃を見つけ、おや桃、まだいたのかいと座敷に入ってきた。

「まったく里久ときたら。裾を乱して廊下を走ったりして、来年はもちっと落ち着いてもらいたいものですよ。まあ振袖をいやがらなくなったのは喜ばしいことだけどね」

須万は手に壺を持っている。油紙にくるんで抱えているのは花屋に頼んでおいた若松と南天のようだ。座敷の床の間に正月の花を活ける須万が、首だけ桃に振り返った。

「おまえもまた台所に戻るのかい」

桃は姉のぶんの晴れ着も畳み終え、ふたつの着物をおさめた畳紙を持って立ち上がった。

「ええそうよ、お料理の腕を磨かなくっちゃ」

座敷を出た桃の背に須万の声が追いかけてきた。

「桃、おきばりよ」

台所に戻ったら、民は菜箸を手に板間の縁に腰かけ、ぼんやりしていた。

土間の七輪で目刺しの頭が黒くなっている。

「焦げているわよ」

桃の声に民は、はっとし、あらあらまあ、と急いで土間に立った。

　七輪の前に背を向けてしゃがみ、焦げた目刺しを皿にのせていく。その民の背に、桃は料理をつづけさせてくれと頼んだ。

「お嬢さん」

　民が皿ごと振り返る。桃は照れくさくって、民から皿と箸をとった。

「ここに並べたらいいのね」

　早めにとる者のぶんだろう。用意してある奉公人の昼餉の膳の皿に、焼きあがった魚をよそっていく。

　そうしながら桃は民に打ち明ける。

「わたし、お民がつくるような料理をわたしもつくれるようになりたかったの。祝いの膳にふさわしい料理を自分の手で——ってね」

　思いばかり強くして、肩ひじ張って。

「でもさっき姉さんに言われたの」

　——ぜんぶひとりでしなくったっていいんじゃないかな。

「姉さん、わたしの料理をお正月に食べられるだけで幸せだって」

　桃は並べ終わって空になった皿を民に返した。

　民は皿と箸を板間に置き、桃の手を握った。

「みなさんそうでございますよ。大和屋（やまとや）の耕之助（こうのすけ）坊ちゃんだって」

民の握った手に力がこもる。

「あんなにがんばられたのは、もちろんご家族のためでもありましょう。でもいちばんは、耕之助坊ちゃんにつくってさしあげたかったからでございましょ」

「お民……」

「わかりますとも。含め煮は耕之助坊ちゃんの好物でございますもの」

桃の頰に血がのぼり熱くなる。が、顔はすっと曇ってゆく。

「食べてくれるかしら」

自分ひとりでつくったとはいえない、しかも不格好な料理をはたして耕之助は食べてくれるだろうか。

「もちろんでございますとも。おいしいって笑ってくださいます。喜んでくださいます」

「お民の料理を食べたときみたいに？」

不安げな瞳で見つめる娘に民が大きくうなずく。

「それ以上にでございますとも」

そして大晦日。

桃は襷をきゅっとしめる。根菜を洗って、まな板にのせると包丁を手にした。

芋の皮をていねいにていねいにむいていく。ちょっと歪な六角形ができあがる。

「立派な亀甲でございますよ」

隣で人参を梅に切っている民が目を細める。

「里芋はお嬢さんが味をつけてくださいまし」

「いいの？」

「はい。じゅうぶんおできになりますよ」

「わかったわ。やってみるわ」

桃の胸は浮き立つ。塩で揉んで、下茹でして、出汁を張った鍋に芋を入れ、砂糖、酒、醬油と味をつけていく。煮汁を小皿にとって味見をする。民の味を思い出す。

「もう少しだけお醬油かしら」

また味をみる。

「どうかしら」

桃は民に小皿を差し出す。民は煮汁を口に含んだ。

「ええ、ちょうどいい塩梅で。このまま煮ていけばおいしい含め煮になりますよ」

桃はほっと安堵の息をついた。

そんな桃を愛おしそうに見つめる民が洟をすすりだした。

「お民、どうして泣いているのよ」

「申し訳ございません。桃お嬢さんがおつくりになったお料理を耕之助坊ちゃんがお召し上がりになると思ったら、おふたりのお小さいころのことを思い出しちまって」

民は前掛けで滲んだ涙をふきふき、泣き笑う。

「お民……」

桃も遠く過ぎ去った日の耕之助を思い出した。

耕之助がはじめて丸藤の台所にやってきたのは春だった。

この板間で無心におはぎを頬張っていた。

「おいしくなあれ」

桃はつぶやき、そっと鍋に蓋をした。

正月、元旦である。

早朝、あるじの藤兵衛が井戸から若水を汲み、奥座敷で主家と奉公人の新年の挨拶をかわすと、そのまま奉公人をまじえて屠蘇と雑煮での祝いの膳となる。

桃の含め煮が膳にのぼったのは、家の者だけで祝う昼の膳だった。

並ぶ朱塗り漆器には、含め煮のほか、黒豆、田作り、数の子が見目よくよそわれている。重箱には伊達巻、かまぼこ、栗きんとん、昆布しめ、海老など豪華だ。

奉公人たちにも、もちろん祝いの膳は出される。酒もつく。いつもの台所の板間で気楽に飲んで食べて、あとは明日からまたはじまる商いの日々にそなえて寝正月である。

含め煮は民によって平椀の漆器に盛られた。

「わたしがつくったのは、お芋だけなの」

晴れ着に身を包んだ桃は、両親や姉の祝い箸が平椀にのびるのを見守った。

芋の飾り切りは、毎年の民がつくるものと同じとはいかないが、椀の中で豆腐、牛蒡、そして人参の梅と寄り添う芋は、みんなの目にとても愛らしく映る。

「桃ぉ、とってもおいしいよ」

上品な味だねえ、と里久は頬に手をあてうっとりする。

「ほんによく味がしみているよ」

須万も褒めてくれる。

「飾り切りがどうとか言っていたけど、きれいなもんじゃないか」

さすが桃だと藤兵衛も満足そうだ。

「よかった」

桃はほっと胸に手をあてがい、これぞ伊勢町小町(いせちょうこまち)の微笑(ほほえみ)をこぼす。

座敷の隅に控えている民もうれしそうだ。

「桃、あとで追羽根(おいばね)をしないかい」

「あらいいわね。でも姉さん、わたし強いわよ」

「望むところだ。負けやしないよ」

「おまえたちったら」

「まあまあ、正月なんだから」

「おまえさまは今年も娘たちに甘そうでございますね」

新年最初の須万の小言がはじまった。

丸藤の店の前。冬の澄みわたった空にカーン、カーンと甲高い音とともに、羽根が舞う。

「里久お嬢さん、桃お嬢さん、どっちもしっかり」

寝正月を決めこんでいたはずの長吉が、表に出てきて声援を送る。

「長吉、その手に持っているものはなんだい」

里久が長吉の手の硯と筆を目ざとく見つける。

「えへへへ。さあさあ、勝負でございますよ」

「おーい、里久ぅー。桃ちゃーん、俺も入れてくれよぉー」

桃は声に振り返る。伊勢町河岸通りから耕之助が大きく手をふってこちらへやってくる。

「そうら」

里久の大きなかけ声とともに、またカーンと高い音をたて、羽根が元日の空に高く舞いあがった。

# 第六章　過ぎし日

年が明けて五日が過ぎた。まだまだ風は冷たいが、それでも陽射しは日に日に春めいてくる。庭の日陰には雪がとけ残っているものの、蔵のそばの梅の木は紅いつぼみを膨らませている。ずっと水鉢の底に沈んでいた金魚も、ときおり水面に姿をあらわすようになった。

「丸藤」の内所では母と娘たちが、あっちの梅が咲いた、こっちでは鶯の初鳴きがあったなどと話に花を咲かせながら縫い物に勤しんでいた。

里久は店の品である洗い粉につける糠袋を。母の須万はこの月に藪入りがあるものだから、そのとき奉公人に渡してやる新しいお仕着せを縫っている。その横で桃だけが難しい面持ちで、ものさしを片手に木綿の巻き板とにらめっこをしていた。

「さっきからなにを悩んでいるんだい」

里久は四角い絹布ばかり縫っているものだから飽きてしまって、火鉢のそばにある煎餅の紙袋に手を伸ばした。だがすぐに須万から布が汚れてしまうとたしなめられ、しおしおと手を引っこめた。そんな姉に苦笑しながら、

「寸法がわからなくって」

桃は木綿の布を板から解いて広げた。緑青の地に微塵格子の柄だ。以前、須万が藤兵衛にと買い求めたうちのひとつで、結局使わずに仕舞っておいたのを、桃が貰い受けたのだ。

「お父っつぁまの綿入れ半纏だろ。だったらお父っつぁまを測ればいいじゃないか」

片目を瞑って針に糸をとおしていた里久は、桃の頬が赤くなったのも、そんな桃を須万がちらと見たのにも気づかない。

桃は姉の言葉にしばし考えていたが、「そうね」とうなずいた。

そこへ折りよく藤兵衛が内所にやってきた。

「なんだか楽しそうだな」

「お父っつぁま、ちょうどいいところに。ちょっと背中を貸してくださる?」

桃に強引に体を回され、藤兵衛はなんだなんだとたじろいでいたが、背にものさしをあてられて、「おや、わたしになにか誂えてくれるのかい」と相好を崩した。

「娘に仕立ててもらえるなんてうれしいねえ」

喜ぶ藤兵衛に須万はなにか言いかけたが、桃が手際よく肩幅、ゆき、身丈と測って布に

印をつけていく姿に口をつぐんだ。

洗い粉を買いに来たお客を送り出した里久のもとに、長吉が振る舞い茶を片づけにきた。

「おまけの糠袋は相変わらずお客さまに好評でございますねえ」

昨年の夏から洗い粉にひとつ糠袋をつけていて、いまもお客にたいそう喜ばれていた。

「糠がいいからね」

中の糠はそこらの糠ではなく、質のよい糯(もちごめ)の糠だ。

「それになんたって糠を入れている袋がいい」

里久は暗に自分の手柄だと匂(にお)わせる。

「ていねいに糠を篩(ふる)っているからではありませんか」

糠を篩うのは長吉の役目だ。ふたりは己(おのれ)の労のおかげだと互いに言いあって、ほくそ笑む。と、うしろを手代頭(てだいがしら)の惣介が品物をのせた葛籠(つづら)を掲げてとおり過ぎた。お待たせいたしました。こちらはいかがでございましょう、と店の小座敷の客に言っている。これでもう何度めだろう。

「なかなかのようだね」

座敷では泣きぼくろが印象的な、なんとも色っぽいお客が惣介を相手に櫛(くし)を見立てていた。

「そんなに難しいおひとなのかい」

長吉は茶を二度も替えにいったと鼻に皺をよせる。

「でもすでにふたつ、みっつ、選んでおいでのようでしたが」

「みっつもかい」

里久は番頭について櫛や簪を求める客にも出るようになった。そのおかげで最近知ったことがあった。こんなお客はだいたい――。

里久は帳場で書き物をしている番頭の耳に囁いた。

「ねえ、番頭さん、いま惣介がお相手をしているお客って、もしかして」

番頭はこくりとうなずいて囁き返す。

「ご明察のとおり、お妾さまでございます」

小座敷の客はここがこうだったら、あそこがもっとこうだったらと、どうにもならないことを言っている。客あしらいに不慣れな里久だったら、すぐ音をあげてしまいそうだ。惣介は、そうでございますね。ではこちらはいかがでございましょう。お客さまの御髪にお似合いかと、と辛抱強く相手をしている。たいしたもんだと感心する。さすが手代頭だ。

「ねえもっとほかのはないの」

客の声がする。今夜は惣介の膳になにか一品つけてやろうと、里久は密かに思った。

七日は七草粥の日だ。

里久は火鉢にかけてある小鍋の蓋を開けた。盛大に湯気がたち、野草の香りが鼻をくすぐる。春の野辺の香りだ。白い粥に鮮やかな緑が映える。焦げつかぬよう、粥を木杓でかきまぜる。と、足つき膳をふいていた民が、お嬢さん、みえましたよ、と声をかけた。

鍋から顔を上げると勝手口に彦作が立っていた。

「彦爺、おはよう。待ってたよ」

「おはようございます。あのう、わしをお呼びで」

「彦爺は粥を食べたかい。七草粥だよ」

朝からなにごとかと戸惑っていた彦作が、ああ、と声をあげる。

「そういや今日は七草でしたな。忘れておりました」

「やっぱり。これも縁起物だからね、彦爺に振る舞おうと思って来るのを待っていたんだ」

彦作が店へ来たら台所へ顔を出すように手代に伝えていた。

「男の独り暮らしじゃ無理もありませんよ」

民は土間を下り、なんだか悪いのうと恐縮する彦作を中へ引き入れた。

「あたしら奉公人も朝餉の膳でいただいたんですよ。それに、じきに耕之助坊ちゃんもいらっしゃいますし」

「いま桃が迎えに行っているんだよ」

板間の火鉢のそばに遠慮がちに座った彦作に、里久は粥をよそって渡した。

「ええ香りじゃのう」

椀を手に、彦作の顔がほころぶ。

「だろう、春の香りだよ。今朝、お民と桃と一緒に囃しながらとんとん叩いたんだよ。桃がそりゃあはりきってね」

その年の恵方を向いて七草囃子をうたいながら、まな板の上で菜を包丁や棒で打つのだ。

里久は七草囃子を口ずさむ。

「七草なずな、唐土の鳥が、日本の土地へ渡らぬ先に。七草なずな……」

彦作は「うまいもんじゃ」と聴きいっている。

「それにしても桃お嬢さんたちは遅うございますねえ」

民が戸口から通りにつながる路地をのぞいた。

「そういやそうだね」

迎えに行ってから、かれこれ半刻（一時間）になるか。

「いつもならすぐにいらっしゃいますのに」

どうしたんでございましょうと民は小首をかしげる。

「そういやこのごろ坊ちゃんをお見かけしませんのう」

の姿がないと言う。
彦作は丸藤に向かう途中、いつも堀の荷揚げ場に耕之助を見かけるのだが、ここ数日その姿がないと言う。

里久もはてと考えた。耕之助とは元日に会ったきりだ。

桃と追羽根をしているところへ、「おーい、里久ぅー。桃ちゃーん、俺も入れてくれよおー」と耕之助が大きく手をふってやってきたのだ。

「耕之助さん、明けましておめでとう」

桃が桜鼠の地に緋色の牡丹の大振袖姿で新年の挨拶をするのを、

「桃ちゃん、おめでとう。いやあ、一段ときれいだ」

耕之助は眩しそうに目を瞬きながら褒め、瑠璃紺に梅花模様の振袖を襷がけにしている里久に、「おまえは相変わらずだなあ」と鼻を鳴らして笑った。

「ふたりとも今年もよろしくな。さあさ、真剣勝負だ。覚悟しろよ」

耕之助は長吉から渡された羽子板を勇ましくぶんぶん振り回し、大和屋の次男坊にしては薄っぺらな綿入れの袷の袖をまくって、「さあ来い」と構えた。

しかし結果は耕之助の惨敗で、長吉に墨を塗られて顔を真っ黒にした。

「なんだい、威勢のいいのは口先だけじゃないか」

里久は大いに笑ってやった。

「仕方ないだろ、朝からなにも食べてないんだから。腹減ってんだよ」

「そうそう耕之助さんのお雑煮も用意してあるわよ」

待っていたのよと言う桃に、耕之助は大喜びし、丸藤の台所で雑煮の餅を五つもたいらげた。おまけに桃がよそってやった含め煮をばくばく食べる。

「これこれ、正月はお民の含め煮だよ」

里久が、「桃がつくったんだよ」と教えてやると、

「へえ、こいつは驚いた。えっ、芋だけ？　じゅうぶんだよ。うまいよ桃ちゃん。今年は桃ちゃんの亀かあ。こりゃあいい年になりそうだ」

桃は恥ずかしそうに頬を染め、盛大な食べっぷりの耕之助をうれしそうに眺めていた。

里久は鍋の中身がものすごい勢いで減っていくのにはらはらだ。

「ちょっとぉ、残しておいてよね」

「けちけちすんなよ里久」

それから耕之助は、須万の厚意で出された酒にほろりと酔って、上機嫌で唄までうたっていた。

「そうでした。相変わらずいいお声でいらっしゃいましたねえ」

民もそのときのことを思い出している。

「荷揚げ場でもよくうたっておいでじゃった」

彦作は橋の上でそうしているのだろう、耳を傾けるしぐさをする。

今日はまた冬が戻ってきたように寒く、四角い窓から雪がちらちらと舞いこんでいた。

民が屋根の、開いた煙窓(けむだし)を見上げた。

「おや、降ってきたようですよ」

桃が戻ってきたのは、彦作が粥を食べ終わり、店へ出ていってだいぶしてからだった。

「ずいぶん遅かったねえ」

しかし桃のうしろには、迎えに行ったはずの耕之助の姿はなく、供についていった長吉がしょんぼり立っているだけだった。

「あれ、耕之助は?」

民が路地をのぞくが、里久にいないと首をふる。

「もう召し上がっておいででしたか」

たずねる民に妹は黙っている。色白の面輪(おもわ)がいっそう白い。

長吉に目をやれば、長吉もなんと言ってよいものかと思案顔だ。

「桃……?」

桃は寒さで紫色になった唇を震わせて言った。

「耕之助さんがいなくなってしまったわ」

「いなくなったって……どういうこと」

桃はもうそれには答えず、里久の横をすり抜けるように足早に奥へ去っていった。

　里久は民と顔を見合わせる。

「長吉、どういうことだい」

「へい、それがぁ……」

　長吉は、最初に堀の荷揚げ場に呼びに行ったのだという。が、そこには耕之助の姿はなく、まだ店のほうにいるのかと大和屋を訪れ、店前にいた手代に耕之助を呼んでくれと頼んだ。ところが手代は、耕之助は店からいなくなったと告げた。仰天(ぎょうてん)してどうしてかときいても、くわしいことはわからないの一点張りで埒(らち)が明かない。少し離れて待っていた桃が業を煮やして直接たずねたら、「これは丸藤のお嬢さん」と手代はあたふたと店へ入っていき、代わって出てきたのは、耕之助の兄の喜一郎(きいちろう)であった。

「喜一郎さまは、あいつは二日の初荷の日に父親と喧嘩(けんか)して出ていったきり帰ってこない、どこへ行ったかも知らないとおっしゃって」

「どうして喧嘩になったんだい」

「わかりません。喜一郎さまはすぐに店へ引っこんでしまわれて。桃お嬢さんはそりゃあ真っ青におなりで、それからあちこち回られて」

　耕之助の行きつけの髪結い床(かみゆいどこ)、湯屋、茶店、そのほか思い当たる所を片っ端から探しまわっていたのだという。

「でもどこにもいらっしゃいませんでした」

「二日って言ったね」

「へい」

だったら耕之助がいなくなって、もう五日になるということか。

日ごろからなにかと耕之助を気遣っている桃だ。里久は耕之助がいなくなったことよりも、桃のほうが心配になって妹のもとへ急いだ。

桃の部屋から鈴がちりちりと鳴っていた。

「入るよ桃」

障子を開けると、桃が「あら姉さん」と存外明るい顔を向けてきたので、里久はひとまずほっとした。桃は爪を切っていた。

「七草の日って爪の切りはじめの日でしょ」

「へえ、知らなかったよ」

「そう？　じゃあ姉さんも切ってあげましょうか」

ほら出して、と桃が差し出す手に、里久は自分の手をのせる。

「七草爪といって、ほんとうは菜をゆでた汁に指先をつけてから切るのだけど」

持ち手に赤い糸が巻かれた小さな鋏で、桃はぱちんぱちんと里久の爪を切っていく。そのたびに、ちりんちりんと鈴が鳴る。

桃の伏した目の長いまつげを眺めながら、里久はおずおずと大丈夫かいときいた。

「まったく耕之助はどこ行ったんだろうね」

「父親と喧嘩して家出だなんてね。でも、もういい大人ですもの。心配いらないわ。いまごろはきっと友達のところへ転がりこんで自棄酒（やけざけ）でも飲んでいるんでしょうよ」

爪を切りながら桃は苦笑する。

耕之助のことだ。じゅうぶんありえる。

それより姉さん、と桃は里久の爪を見てふふっと笑った。

「あっ、子どもみたいだって言いたいんだろう」

里久は自分の手を目の上に掲げて広げた。もみじのような手だとよく言われるが、ようは小さくて指が短いということだ。爪も小さくて丸い。おまけに爪の先の白い部分が目立っていた。

「違うわよ。桜貝みたいだなと思って」

「貝殻（かいがら）かあ」

桃の指はと見れば、すっと細長く、しなやかで、爪もほっそりと長く、先まできれいに透（す）けている。里久が貝なら桃の爪は水晶だ。

いいなあ、とうらやましがる里久に、桃はちょっと待ってと立ち上がり、鏡台からなにやら持ってきた。ほら、と見せた桃の手のひらには紅猪口があった。

「いいことしてあげる。姉さん手を出して」

桃は筆にとった紅を里久の差し出した手の、中指の爪に塗った。

そこだけがごくごく薄い赤に染まる。

「爪紅っていうのよ。こうするとますます桜貝みたいだわ」

里久はひとつだけ赤く染まった爪を矯めつ眇めつ眺めた。

「へえ、かわいいね」

「でしょう」

桃は自分の爪にも紅を塗りながら、「耕之助さん、けろりとして戻ってくるわよ」と言った。

「うん、そうだね。腹減ったあ、桃ちゃんなんか食わしてくれえって、台所に駆けこんでくるよ」

目に浮かぶようだわと桃はころころ笑う。

「姉さん、もっと塗ってみる」

「じゃあ、もうひとつだけ」

桃は里久の小指の爪に紅を塗っていく。妹との穏やかなひとときに、里久の中では耕之助がいなくなったことは、もうたいしたことでなくなっていた。

しかしこの夜、桃は高い熱を出した。

隣の部屋で寝ていた里久は、夜中に桃の咳で目を覚ました。

こんこんといつまでもつづく咳に心配になり、部屋の境の襖を開けた。

「桃、大丈夫かい」

暗い中、畳を桃まで這っていくと、桃は夜着に包まって震えていた。

「姉さん起こしちゃった？　ごめんなさいね」

「そんなことはいいんだよ。夕餉もあまり食べていなかったろ。具合が悪いのかい」

藤兵衛が新年の寄り合いでいない夕餉の席で、桃は今晩のお膳にのった好物の鰯のつみれ汁をふた口ほど口にしただけで、すぐに部屋へ下がってしまっていた。

「なんだか寒くって」

だが枕行灯の灯りに、桃の額に浮いた汗が光っている。

寝巻きの袖でふいてやり、手のひらをのせると熱い。

「桃、すごい熱だよ。寒空の中、耕之助をあちこち探しまわったりするからだよ」

おっ母さまを呼んでくると立ち上がりかけた里久の腕を、桃は掴んだ。

「もう遅いから」

わたしなら大丈夫と桃はひっそりと笑い、また咳きこんだ。

「ちっとも大丈夫じゃないよ」

しかし桃は自分の体よりも、耕之助を案じる。

「耕之助さんはどこに行っちゃったのかしら……」

「友達のところだよ。心配ないって」

桃の熱で潤んだ瞳が揺れる。

「桃……泣いているのかい」

「ううん、でも」

と桃はつぶやく。

「どうしてここへ来てくれなかったのかしら。日ごろは気安くしていても、きっと心は開いてくれていないのね。いつも向けてくれるのは笑顔だけ。困っていても頼ってくれない。それがなんだかとても寂しいのよ」

どこへ行ってしまったのかしらと桃はくり返し、また咳きこむ。

「ちょっと待っておくれよ」

里久は母親を呼びに廊下へ出た。

暗く寒い廊下を手探りですすんでいくうち、足裏に突き上げてくる痛いほどの冷たさが桃のつらい胸のうちのように思えてきて、里久は己の鈍感さに唇を強く嚙んだ。

平気なわけがないじゃないか。熱を出すほど探しまわっていたんだから。

それを無理に隠して。明るく笑って――。

ごめんよ、桃。

里久の胸のうちには耕之助への怒りもふつふつとわいてくる。

まったく耕之助のやつ、いったいどこへ行ってしまったんだよ。

次の朝、丸藤の台所である。

須万は医者に渡された葛根湯を煎じていた。民から耕之助がいなくなったことは聞いていたようで、半分は心労だろうとため息をついた。

「ねえおっ母さま、大和屋へ様子を見に行ってきてもいいかい」

里久は須万に許しを請うた。

須万は美しい青眉をひそめた。また他人さまの家のことに首を突っこんでと言いたげだ。

「でもね、耕之助から報せがあったかもしれないし、もしかしたら戻っているかもしれないだろ。そしたら早く桃に報せてやりたいし。桃だって安心するだろ」

里久の言うことに、それもそうだと思ったのだろう。

「わかったよ。でも確かめたらすぐに戻ってくるんだよ」

釘を刺すことも忘れず、須万は渋々承知した。

大和屋は伊勢町河岸通りに店を構える、表通りに面した間口は十間（約十八メートル）

はあろうかという米問屋の大店だ。主に上方米を扱っている。通りに沿って大和屋の屋号が染め抜かれた紺地の日除け暖簾が、ぴんと張られて並ぶさまは壮観だ。店の向かいの堀沿いに蔵を五つも持っている。いまもそのすべての蔵の扉が開き、人足たちが米俵を荷車にのせている。屋号の印半纏を羽織った奉公人が、蔵と店とを忙しなく行き来している。

　里久は長吉と大和屋の暖簾をくぐった。だだっ広い土間に米俵がうずたかく積み上げられ、幾人もの奉公人の算盤を弾く音が雨のように鳴り響いている。

「す、すごいね」

「へい、何度来ても気おくれしちまいます」

　里久もその気持ちはわかる。同じ大店でも問屋、とくに米問屋となると規模が違う。働く者もまた店に来る者も男ばかりで、威圧的な感じを受ける。いつも呑気そうにしている耕之助がここの息子だと思うと、里久は改めて新鮮な衝撃をおぼえる。

　土間に立つ里久に気づき、帳場からひとりの男が出てきた。少し猫背ぎみだがまだ若い。

「あれが耕之助さんのお兄さんの喜一郎さまですよ」

　長吉が里久の耳もとにひそっと教える。

「なにか」

　店の上がり框に立ち、喜一郎は里久を見下ろす。

里久は丸藤の娘だと告げた。

「これはこれは」

とたんに喜一郎の目は好奇の色を濃くした。

「へえ、女だてらに店に立っているはねっかえりな娘というのは、おまえさんかい」

里久はむっとしたが、おとなしく、

「あの、耕之助さんは帰ってきていますか」

ときいた。

喜一郎は、ふん、と鼻を鳴らした。

「わざわざこんなところまでやってきてご苦労なことだ」

いいや、戻ってきてないね。喜一郎はつっけんどんに答える。

「どこに行ったか知りませんか」

「昨日も妹ごに話したとおりさ。怒っていなくなっちまった。勝手なもんだ。どこに行ったか、こっちが知りたいぐらいだよ」

喜一郎は苛立ちを隠さない。

「いったいなにがあったんです」

「あんたに関係ないだろ。ったく、どいつもこいつも耕之助、耕之助。こっちは働き手がひとり減っていい迷惑だ。恩を仇で返しやがって」

「兄弟なのに恩も仇もないだろうに」

「兄弟？　はっ、おい聞いたかい」

喜一郎は振り返って近くにいた奉公人にせせら笑う。

奉公人はどんな態度をとればよいか困惑していたが、それでも喜一郎にお愛想するように、まったくで、と答えた。

「そうか、おまえさんはなんにも知らないんだな。品川から戻ってきたんだっけか」

喜一郎は急に鼻白み、さあ、もういいだろ。帰ってくれ、と里久を追い出しにかかった。

「こんなところにいられたんじゃ商売のじゃまだ」

「耕之助が行きそうな場所とか、ほんとうに知らないのかい？」

里久は食い下がったが、土間に下りてきた喜一郎に小突かれるように店から出された。

「なんだい、あいつ」

里久は腹が煮えてしようがなかった。通りで地団太を踏み、店に向かって思いっきり、

「あっかんべぇー」をしてやった。

「お嬢さんおやめくださいまし。お気持ちはわかりますけど」

「だろ、あれでもほんとうに兄貴なのかい」

しかしここにいつまでいても仕方がない。ふたりは歩きだす。

「耕之助さん、お戻りになっていませんでしたね。行方もわからずじまい。ほかに誰にき

けばいいんでしょう」

まだむきむきと怒っている里久に対し、長吉はしょんぼりだ。

里久だってこのまま帰って桃の落胆する姿を見たくない。どうしよう。ため息がもれる。こっちはこんなに意気消沈しているというのに、通りは騒々しく、荷を積んだ大八車が「ほらほら、どいたどいたあ」と威勢のいい声とともに横をとおり過ぎてゆく。道向かいの蔵では店の奉公人が忙しなく出たり入ったりしている。その傍らで人足が水を飲んでいた。仲間の人足に「おまえもいるか」と水筒を投げてやっている。

「ねえ長吉、いつも耕之助と一緒に働いている人足たちなら、なにか知っているんじゃないかい」

耕之助の友達とか、もしかしたら居場所の目星がわかる者もいるかもしれない。

「お嬢さん、それ名案ですよ」

長吉がぱん、と手を叩いた。

大和屋の蔵と蔵との狭い隙間をとおり抜け、ふたりは堀の河岸に立った。

人足たちは艀舟から米俵を担ぎ上げ、もくもくと荷揚げしている。まだ寒いというのに褌一丁に頬かむりの格好で、真っ赤な体からは湯気が立ちのぼっていた。品川の漁師たちを思い出し、里久はなんだか懐かしい。

「誰にきこうか」

「そうですねえ」

忙しそうに立ち働く人足たちを見回していたら、中のひとりに見知った顔があるのに気がついた。艀舟の船頭だ。前に耕之助と丸藤に来て、下絵描きの茂吉が描いた手拭い(てぬぐい)を娘の土産(みやげ)にと買ってくれた男だ。

里久は河岸から手をふった。

「おーい、船頭さーん」

船頭ははじめきょとんとしていたが、「丸藤の者ですよう」と叫べば、里久が誰だかわかったようで、ぺこぺこ頭を下げ、わしにご用で？　と叫び返してきた。里久がうなずくのを見るや、舟板をとんとん、と身軽に飛んで桟橋(さんばし)まで来てくれた。

いつぞやは。こちらこそと互いに手拭いの礼を言いあい、

「今日は教えてもらいたいことがあって」

里久はさっそく船頭に耕之助のことをたずねた。

船頭は申し訳なさそうに首をふる。

「友達じゃなくても、立ち寄りそうな場所とか」

船頭は「すまんのう」と謝った。

「わしも仲間らとどこに行きなさったんだろうって、噂(うわさ)しておったところでな」

「そうかい、ありがとう。桃が悲しんでいてね。おまけに耕之助をあちこち探したもんだから熱まで出して。なんとか行方だけでも教えてやりたくってね」

「桃お嬢さんが。そりゃあ……」

船頭は手拭いを見立ててくれた桃がと不憫がる。

「あんときはようしてもらってなあ。ちょっと待っておくんなさいよ」

ほかの仲間がなにか知ってるかもしれんと言って、船頭は「おーいみんな、ちょっと来てくれー」と周りの人足たちを集めてくれた。

「誰か耕之助坊ちゃんがどこに行きなさったか、知っとるもんはおらんか」

人足たちは、知ってるか、おまえはどうよ、とわいわい言いあう。

しかし結局誰も耕之助の行方を知らなかった。がっかりしている里久に、ひとりの人足が記憶を手繰るように「あの日は喧嘩になってよう」と言った。周りの人足たちも、そうだそうだとまたわいわい言うものだから、里久は大いに驚いた。

「みんな知ってるのかい」

「知ってるもなんも、おれたちその場にいたもんなあ」

「おう、いたいた」

「じゃあ見ていたんだね。なにがあったんだい。くわしく聞かせておくれよ」

頼む里久に、あれは初荷の日だったと、さっきの人足が話しだした。

元日をゆっくりと過ごした町も、二日はいっせいに商いがはじまる。まだ暗い暁七つ(午前四時ごろ)に、日本橋界隈の商家や大問屋では初荷が出るのだ。

それぞれの店の屋号が入った弓張提灯が何百もともされ、町々を昼間のように明るく照らす。その中を高々と荷を積み上げた荷車が何台も連なり、車力や小僧、鳶たちによって、にぎやかに得意先へと運ばれてゆく。その様子は、それはそれは豪奢で、山車を引く祭りにたとえられるほどだ。

「わしらにも祝い酒が出てよ」

人足たちにも店先で樽酒が振る舞われた。

「おれたちにはめったに口にできない灘の酒だぜ」

ありゃあうまかったと、あの日の酒の味を思い出し、人足たちは盛り上がる。

「酒の味はいいんだよ、それで」

里久は先を急かした。

「おお、でよ、気持ちよく飲んでいたら店の奥から怒鳴り声がしてきたわけよ」

「そうそう、やってられねえって、耕之助坊ちゃんがえらい剣幕でよう」

「あんな怒った坊ちゃんを見たの、おらはじめてだ」

ほかの人足たちも、おれもおれもとわめく。

「喧嘩の原因はそもそもなんなんだい」

そこが肝心とばかりに里久が問えば、たちまち人足たちは黙り、首をかしげた。

「なんせ店ん中でのことだったしよ」

しかし見ていた者がいた。

「おいら、しょんべんがしたくてよ」

厠(かわや)を借りたくて、ちょうど店内にいたのだという。

「祝いに来ていたどこぞの旦那が、耕之助坊ちゃんをえれぇ褒めていてよ。なんでもおいらたちと荷揚げ場で働いているところを見たんだとよ」

――なかなかできるもんじゃありませんよ。うちの道楽息子とはえらい違いだ。爪の垢(あか)でも煎じて飲ませたいぐらいです。大和屋さん、あんたはいい息子をもって幸せだ。喜一郎さん、あんたもいい弟でよかったねえ。いやはやうらやましい。

「おれらの坊ちゃんはえれぇんだって、おいら鼻高々だったぜ」

「おうよ、力仕事も厭(いと)わずによ」

「雨の日も、寒い冬も夏の炎天下でも、おれたちと一緒に働いてよ」

「ちっとも偉ぶったところがねえうえ、相談にまでのってくれてよう」

ほかの人足たちも耕之助を口々に褒め、「それにめっぽう、唄がうまい」と誰かが言えば、人足たちから「わっ」と歓声があがった。

でもよ、と見ていた人足がうつむく。

「そばにいた喜一郎坊ちゃんが弟じゃないって言いなすって」

——これはうちの奉公人ですよ。

「酒がはいっていたとはいえ、耕之助坊ちゃんはお怒りになってな」

——いつまで俺を都合よく使うんだ。

「おいら、前に坊ちゃんから聞いたことがあるんだ。俺は給金なんてもらったことはない、たまの小遣い程度だって」

ほんとかよ、と人足たちはざわついた。

「で、それからどうなったんだ」

船頭が問い、

「喜一郎坊ちゃんがよう」

人足はおずおずと答えた。

——おまえはずっと荷揚げ場で働くんだよ。飼い殺しだ。

「耕之助坊ちゃんは、そばにおんなさった旦那さまに詰め寄んなさって」

——お父っつぁんも同じ考えなのか。

「旦那さまは、跡継ぎは喜一郎だ、そう言いなさるだけで」

喜一郎はせせら笑っていたという。

「耕之助坊ちゃんは体をぶるぶる震わせてよ、こんな家なんか出ていってやる、そう叫んで飛び出していきなさった」

それきり耕之助はいなくなった。

なんでそれをおれたちに早く言わねえと怒鳴る船頭に、言ってどうにかなるのか、と見ていた人足が怒鳴り返し、みんなは押し黙った。

「どうして……」

里久にはわからなかった。なぜ耕之助がそんな扱いをされるのか。なぜ大和屋の者たちは耕之助にそんなに冷たいのか。

「そりゃあやっぱり、耕之助坊ちゃんが大和屋の旦那のかく――」

人足が言うのを、船頭が「おいっ」ととめた。

船頭は中之橋(なかのはし)を見上げている。里久もほかの人足たちもその視線を追って橋を見上げた。

橋の上に若い男がひとり立っていた。

「誰だい？」里久の知らない男だった。

「ありゃあ、大和屋の三男坊の富次郎(とみじろう)坊ちゃんですよ」

船頭が教える。

橋の上の富次郎はにこにこ笑って、里久へひらひらと手をふった。

里久はいま、富次郎を向かいに長吉と並んで店の小上がりに座っている。

魚河岸沿いの魚問屋や卸商が多く集まる、本船町に接した安針町にある汁粉屋である。路地の奥まったところにあり、静かで、格子窓から射す春のまだ弱い陽が、畳に淡い縞模様をつくっている。ときどき路地をとおる人の話し声が聞こえては、消えてゆく。

富次郎に目を戻すと、富次郎は、いいでしょここ、と笑った。

「ひとりでよく来るんですよ」

里久は汁粉屋には決まって誰かとだ。桃だったり、須万とだったり、三人でだったり。ひとりでなんて来たことがない。里久は改めて目の前の富次郎を見た。

耕之助の弟。色白でやさしげな面立ちだ。若草色の細縞の着物がよく顔に映えている。鼻筋のとおったところは耕之助に似ている。年は、里久と同じぐらいか。

「ここは栗ぜんざいがうまくってね」

まあ食べてごらんなさいよ、と富次郎は注文をとりにきた小女に、長吉のぶんも入れてみっつ頼んでくれた。

富次郎はほかには焼き餅がおすすめだと餅の講釈を垂れ、それが終わると里久が今日着ている薄萌黄色に柳の葉の小紋の装いを褒めた。「どうも」と頭を下げただけの里久に気分を害するふうもなく、里久の横でかしこまっている長吉に、楽におしよと鷹揚に言う。人当たりのよい男だ。さっきの喜一郎とはえらい違い。ほんとうに兄弟なのかといぶかしむほどだ。

盆にのって出てきたぜんざいには、大きくてつやつやな栗が丸まるひとつ入っていた。

「さあ、どうぞ」

富次郎にすすめられ、里久と長吉は箸をとる。

ぜんざいはしっかりと甘く、鼻に抜ける小豆の素朴な風味がよい。四角い焼き餅がまたおもしろいほどよく伸びて、里久と長吉はふふっと笑った。そんなふたりに目を細めていた富次郎だったが、長兄に会ったかいと里久に問うてきた。

里久は急いで口の中の餅を飲みこんでから「会ったよ」と答えた。

「ひどい兄だったでしょう」

そう言われても、まったくだ、とは言えやしない。

なんて答えたらよいか悩んでいたら、

「どうして耕之助にひどい仕打ちをするんだ。大和屋の者たちはあんまりじゃないか。そう顔に書いてありますよ」

富次郎に言われ、里久は「ええっ」と自分の顔をあわててさすった。

「そんなわけないでしょ」

長吉が恥ずかしそうに里久の袖を引く。

「ああ、そっか、そうだね」

しかしあまりにも心のうちをずばりと言い当てられ、里久はほんとうに顔に書いてあるのかと思ってしまった。真っ赤になる里久を見て、富次郎は朗らかな笑い声をたてる。

「耕之助兄さんが里久はおもしろいやつだと言っていましたけど、ほんとうですねえ」

耕之助はいったい弟にどんな話をしているんだい。むっとしてまたぜんざいを食べはじめた里久に、富次郎はなんでもないことのように大和屋の内情をさらりと明かした。

「里久さんは知らないだろうけど、耕之助兄さんは親父が芸者に産ませた子なんだよ」

あまりにも思いがけない告白に、里久の箸から大きな栗が椀の中へぽとりと落ちた。

隣で長吉が咽せ返り、拳で胸をとんとん叩く。里久も急いで長吉の背を叩いてやった。

富次郎も大丈夫かいと茶を長吉の手に渡す。長吉は受けとりながら空いたほうの手で、どうぞどうぞと話のつづきをうながした。富次郎はそうかい、と心配しつつ話に戻った。

「耕之助兄さんは、芸者だったおっ母さんと一緒に暮らしていたんだ。だがお父っつぁんとその女の縁は切れてね。どういうなりゆきでかは知らないが、兄は大和屋へ引き取られたんだよ」

耕之助が六歳、富次郎は四歳だったという。

「耕之助兄さんが家にやってきた日のことを憶えているよ。喜一郎兄さんとあるじ部屋の障子に穴を開けてのぞいていたんだ。すると兄さんが言ったよ」

――ほらごらん、お父っつぁんが外につくった知らない子だ。

「その考えはいまも変わっちゃいない。喜一郎兄さんだけじゃない。誰もあの日からずっと耕之助兄さんを大和屋の人間だとは思っちゃいない」

だから喜一郎は耕之助を弟じゃないと言ったのかと、里久は腑に落ちた。

でも——。

「でもね、どんな事情があろうと血を分けた兄弟には違いないよ」

富次郎は里久が思っていることを言ってくれた。

「それに、わたしはすぐ耕之助兄さんを好きになったよ」

子どもにとっては生まれが外か内かなんて関係ない。遊んでくれるひとがいちばんだ。

川開きの花火を観たこと。近所の悪がきに泣かされたとき、仕返しに行ってくれたこと。拾ってきた猫を捨ててこいと言われ、陽が暮れるまで飼ってくれるひとを一緒になって探してくれたこと。富次郎は耕之助との日々を懐かしそうに語る。

「わたしは喜一郎兄さんにも耕之助兄さんを好きになってほしかった」

でも無理だった。ふたりはあまりにも違っていた。

うずくまっている奉公人に大丈夫かいと声をかけるのが耕之助なら、怠けていると告げ口するのが喜一郎だと、富次郎は悲しげに肩をすくめる。

ふたりの兄の関係は、耕之助が小僧のように店を手伝うようになってからますます悪化した。

「子柄がいいうえに、気が利く。みんなからも慕われてね」

さっきの人足からもわかるだろ、と富次郎はいたずらっぽい目をする。

どうやら橋の上からでも人足たちの話は聞こえていたようだ。

「比べられる喜一郎兄さんの気持ちもわかるけどね」

でもおもしろくないのは喜一郎だけでなく、母親もだった。

「おっ母さんのほうがむしろ強かったかもしれない」

妾の子のほうが本妻の自分の子よりできがいいと人は言う。

「おっ母さんは耕之助兄さんに無関心を押しとおしたよ。なにもしないんだ」

食事も、着るものも、なんの世話もしない。病気のときもだ。

着るものは店のお仕着せで、食事も耕之助のほうから奉公人たちと台所でとるようになった。

「そのほうが兄さんも気楽だし、食いっぱぐれもないからね」

耕之助という子などいないように暮らす母親。

「でもどんなに避けても無理があるってもんだ。だって同じ屋根の下にいるんだから。だから心持ちがどうしようもなくなるときがあるんだろう」

ときどき母親は耕之助に怒りをぶつけていたと富次郎は話した。

「木戸番屋で売っている焼き芋をもの欲しそうに眺めていたとかね。奉公人の中にも告げ口する者はいる」

――みっともない。おまえは大和屋に恥をかかせる気かい。

「日ごろはいない者として扱っているのに、大和屋もないもんだ。まあ、怒る理由なんてなんだっていいのさ。兄さんがやっていた薪割りや掃除、なんだってね」

叩かれても耕之助は泣いたりしない。母親の怒りが過ぎ去るのをじっと待つばかり。

「それがますますおっ母さんを苛立たせた。いや、おっ母さんはいつもなにかに怯えているんだ。親父かい？　親父は知らぬ存ぜぬだ」

幼かった富次郎も時がたつにつれ、さすがに家の異常さに気づきはじめた。

母親の苛立ちがそろそろはち切れそうだと察すると、耕之助を木戸からそっと逃がすのが富次郎の役目となった。

――富次郎、ありがとな。

「耕之助兄さんの逃げ場所は丸藤。いつも里久さん、あなたのところでしたよ」

須万と散歩していた里久が下駄を橋から堀に落とし、ぷかぷか浮いているのを耕之助が拾ってやったのが里久との縁だったと富次郎は教えた。

「里久さんは、拾った兄に、下駄がお舟になったのにって、怒ったそうです」

お嬢さんが言いそうだと長吉は呆れる。

「そのとき丸藤のご新造さまがときどき家に遊びに来いと言ってくれたって。きっとお愛想だったんでしょうが、兄は本気にして再々おじゃましていましたよ」

「ごめんよ、わたしはよくは憶えていないんだ」

「わたしは憶えていますよ。丸藤から帰ってきた兄さんはそりゃあ楽しそうで、なんだか兄さんをとられたみたいで妬けましたからね。でもせっかく仲良くなったのに、里久さんはいなくなってしまった」

里久が品川へ行ったのは翌年のことだ。

「それからは兄から笑顔が消えました」

耕之助にふたたび笑顔が戻ったのは、荷揚げ場に出るようになってからだった。

「体を動かして人足たちと働くのが性に合っていたんでしょう。それに、そのころ桃さんと出会ってね。節句には俺が行くのを待っていてくれるんだと、うれしそうに丸藤に出かけていきましたよ。うちも節句はします。でも——」

母親は耕之助がいないのと同じなのだ。当然のように耕之助の膳も、座る場所もあるはずがない。

「あの、富次郎さんは耕之助がどこへ行ったか知らないのかい」

里久はきいた。

「情けないことにね」

「行きそうな友達は」

兄弟仲はよかったんだ。友達のひとりやふたりは知っているだろう。

「そんな人はいやしません。だって兄さんは遊ぶ暇などなかったんですから」

里久は胸が詰まった。

冷たくなったぜんざいをじっと見つめる里久に、富次郎はごめんよと謝った。

「わたしはね、里久さん。いつか兄さんは出ていくだろうと思っていましたよ。いままでいたのが不思議なぐらいだ。桃さんがいてくれたから、里久さんが戻ってきてくれたから、兄はいたんだろうね」

しかし耕之助はいなくなった。

富次郎は寂しいけど、ほっとしていると言った。

「どこにいようが、ここにいるよりずっとましだ。でも家の者はわたしとは別の意味でほっとしていますよ」

やっと厄介者（やっかいもの）がいなくなった――。

それきり富次郎は黙った。沼の底のような暗い目をして、じっと小上がりに座りつづける。

里久は富次郎と別れ、ふたたび中之橋の上に立った。

「ぜんざいの味なんてわかりませんでしたよ」

なんにも知らなかったと長吉は洟（はな）をすする。

「そうだね」

耕之助がそんな生い立ちだったとは、里久もまったく知らずにいた。そういや耕之助の口から大和屋の両親や兄弟のことを聞いたことがなかったと、いまさらながら気づく。

「だってあいつったら、いつもわたしをからかってばっかりで」

里久はこの中之橋で鏡磨きの彦作と最初に出会ったときのことを思い出す。

ぴかぴかに磨かれた鏡に感心していたら、耕之助の顔がぬっと映って。

——でかい自惚れ鏡だの。

と里久を冷やかした。里久の振袖姿には、馬子にも衣装だ、とからかい、去年の十月の玄猪の日に里久がつくった牡丹餅には、まるで泥団子みてえだと、憎まれ口をたたいた。

そうやっていつも笑っていたじゃないか。

「耕之助坊ちゃんもあの中にいたんですね」

荷揚げ場でさっきの人足たちが米俵の積み下ろしをしている。

——おーい、里久ぅー。

耕之助が大きく笑ってこっちに手をふっている姿が、里久の目に浮かんで消えた。

耕之助は帰っていなかった。どこにいるかもわからない。

里久は桃に正直に話した。喜一郎に会ったことも話し、いやなやつだったと伝えると、布団に半身を起こしていた桃が、やさしげな眉を困ったように下げた。

荷揚げ人足たちから話を聞き出し、弟の富次郎にも会って、耕之助のことをいろいろ教えてもらったと言えば、眉はますます下がる。

「そう……富次郎さんも心配してたでしょう。耕之助さんと仲がよかったから。……あのひともかわいそうなおひとだわ」

そうだね、と里久もうなずいた。

幼いころから両親の非情さを否応なく見せられてきた三男坊だ。次兄のつらさをわかっていても、どうすることもできない。耕之助を好きなぶん、富次郎がどんなに胸を痛めつづけてきたことか。丸藤が耕之助の逃げ場だったように、きっと富次郎にとってあの汁粉屋が逃げ場なのだろう。あの小上がりで、あの暗い目をして、富次郎はいまもひとりで座っているのだろうか。

「桃は耕之助の事情を知っていたんだね」

里久は桃の肩に綿入れ半纏をかけてやる。

「姉さんはどこの橋だったのかしら。わたしが耕之助さんとはじめて会ったのはね、荒布橋だったわ」

昔の景色が映ってでもいるかのように、昼の陽に白く光る障子を見つめ、桃は語る。

春の彼岸で、父と母と先祖の墓を参っての帰り道だった。江戸橋の船着場で舟を下り、照降町の翁屋で須万の好物の塩饅頭を買って、三人は伊勢町の丸藤へ戻ろうとしていた。

伊勢町堀に架かる荒布橋を渡っているときだ。橋のちょうど中ほどに耕之助がうずくまっていたのだ。

「あれはたしか、手習いを女師匠にかえたばかりのころだから」

桃は八歳になった年で、うずくまっていた耕之助は十三だという。

耕之助は背を向けてじっと堀を見つめていた。なにか魚でもいるのか。桃は見たくて両手をつないだ父と母の手を引っ張るようにして堀をのぞいた。しかし魚の姿は見えず、堀の水が春の陽をはね返し、きらきらと眩しいばかりだった。ほら行くよと両親に手を引かれ、桃はまた橋を渡りはじめた。耕之助に近づき、目の前になり、とおり過ぎる。

あの子はいったいなにを見ているんだろう。

やっぱり気になり、桃は橋を渡り終えてから振り返った。とそのとき、堀をのぞいていた耕之助が顔を上げ、こっちを見た。桃はあっと叫び、つないでいる父の手を揺すった。

「お父っつぁま、あの子けがをしてるわ」

耕之助の額から赤い血が流れていた。

父が橋を振り返り、同じように振り返った須万が「あの子は……」とつぶやいた。

知っている子かい、ときく藤兵衛に、

「ええ。ほら、うちによく来ていた。大和屋さんが引き取んなすった息子の……」

答える須万に藤兵衛は、ああ、とうなずき、三人は耕之助のもとへと引き返した。

母親の背に隠れ、桃は耕之助をじっと見つめた。

まだ前髪が残る耕之助は、お仕着せを裾短に着て、どこから見ても小僧だった。

耕之助は目の前に立った家族連れに怪訝な顔を向けていたが、須万を見てはっとした。

「……里久のおっ母さん」

須万はほろ苦くほほ笑み、耕之助に「久しぶりだねえ」と声をかけた。

「こんなところでなにをしているんだい。それにけがをしてるじゃないか」

耕之助はけがのことには触れず、

「腹が減っちまって休んでいたところなんだ」

と人なつっこい笑顔を見せた。

須万は藤兵衛と目配せし、うちにおいでなさいな、と耕之助を誘った。

「お彼岸で、こんどうちに来た女中がおはぎをたんとつくったから食べておいきなさいな」

「でも……」

遠慮する耕之助の腹がぐうっと鳴った。

藤兵衛は呵々大笑し、ほらおいで、と耕之助の腕をとって立たせた。

須万が小さく息を呑む。

「こんなに大きくなって……」

須万は家に戻ってからはもう奥から出てこなかった。藤兵衛は店が忙しく、桃はひとりで台所の入口にたたずみ、耕之助がおはぎをもらい、民に傷の手当てをされているのを眺めた。

耕之助はしゃべりもせず、無心に食べている。幼い桃の目にその姿はとても寂しそうに見え、そばに一緒にいてあげたくて、桃は耕之助の隣で自分もおはぎを食べたという。

「おいしいね」

「ああ」

「また一緒に食べたいね」

「ああ」

「今度は遊びに来てくれる」

「………」

「お民においしいものいっぱいつくってもらうから」

「……でもおいら仕事があるから」

残念そうにする耕之助に、民が日にちをお決めになったらどうですと助言した。

「今日のようにお彼岸とか、お節句とか。お嬢さんにお知らせしますから、坊ちゃんをお呼びになったらいかがです。坊ちゃんもそれなら来やすくありませんか」

耕之助も、そして桃も目を輝かした。

「呼んでくれるかい」

「ええ、きっと呼ぶわ。だから来てね、わたし待ってるから」

三月の雛の節句、五月の端午の節句、山王さんの祭り、月見――。

それからは台所に民のおいしいものがたくさん並ぶたび、桃は丸藤の通りの前に立ち、桃を見つけて伊勢町河岸通りから駆けてくる耕之助を待った。

里久は桃の話を聞いて合点した。

「だから節句や祝いの日にはいつも耕之助がやってきたんだね」

玄猪の日。この正月だって。そして七草――。

いつもそうやって桃が耕之助をずっと見守ってきたことを、里久は知る。

「そんな大げさなものじゃないわ。でもそうね、耕之助さんにほっとできる場所をつくってあげたかった。大きくなるにつれ、いろんな事情を知るとなおさらね。来い来いってうるさく言って、耕之助さんにしたらいいかげん迷惑してたかも」

「そんなことない。富次郎さんが言っていたよ。桃と会って、また耕之助が笑うようになったって。節句には俺が行くのを待っていてくれるんだって、うれしそうに丸藤に出かけていたって」

「ほんとう？」

「ああ、ほんとうだよ。桃は耕之助にとって暗い道にともる灯りのようだ」

「姉さん……ありがとう」

でも、と桃は落ち窪んだ目から涙をはらはら流した。

「耕之助さんはいなくなってしまった。友達のところにいるなんて言ったけど、ほんとうは――」

桃は激しく首をふる。

「わかってるよ」

耕之助に友達をつくる暇などなかった。どこかでひとりでいるのかもしれない。

声を殺して泣く妹の腕を、姉はやさしく揺する。

「桃、桃、わたしをごらんよ」

里久は泣きつづける桃に、にっと笑う。

「大丈夫。必ずわたしが耕之助を見つけてくるから」

「でもどうやって」

「それは、これから考えるさ」

「もうっ、調子いいんだから」

桃は軽く里久の腕をぶって、でも姉さんらしいと微笑んだ。

「そうそう、それでこそ伊勢町小町だよ。わたしに任せて。約束するよ。さあ、もう横になって」

里久は桃を布団に寝かせた。まぶたを閉じた桃の額に冷たい手拭いをのせてやる。
そっと障子を閉め、里久は店へと出た。

# 第七章　行方

桃と約束したのはいいが、どこを探せばよいのやら。

里久は皆目見当がつかず、店の板の間で重いため息をついた。

「妾か……」

ひっそり言ったつもりが思いのほか大きな声になり、里久は手のひらで口を押さえ、辺りを見回した。お客である大店の内儀は手代頭の惣介と熱心に簪を眺めているし、町家のおかみさんは、手代の吉蔵から洗い粉を受けとっている。長吉は釜場の前へちょこんと座り、番頭は帳場でなにやら書き物をしている。彦作は土間で帰り仕度の最中だ。

幸い里久の声は誰の耳にも届いていないらしく、ほっと胸をなでおろした。

わたしだって妾ぐらい知っている。里久は今度は胸のうちで独りごつ。

「丸藤」の客の中にも妾はいる。贅沢な櫛や簪を気軽に買い求め、「つけといて」とひと言いって品を片手に帰ってゆく。帳面に記す番頭に「あれは誰だい」とたずねれば、番頭は里久の耳もとにそっと「お妾さまでございますよ」と答えることもしばしばだ。

女たちはかつて吉原にいた者や、芸者だった者が多いとも聞いた。そういや柳橋の芸者の亀千代姐(ねえ)さんが、「旦那の世話にならないかと誘われたことは、一度や二度ではございません」と笑いながら話してくれたことがあったっけ。つい先日だって泣きぼくろのお妾さんが来たところだ。だから決して珍しくはない。でもそれはあくまで店の客の話でのことだ。里久の身内に妾の女も、妾を囲っている男もいない。だからどこか他人事(ひとごと)で、ややもすればお芝居の中に出てくる者たちと同じようにさえ思えてくる。

なのに大和屋の主人がその男で、こんなに身近な耕之助が妾の子だったとは。

馴染(なじ)んだと思っていた伊勢町が見せた別の顔。

それを知ったとき、里久は自分がまだよそ者なのだと痛感した。まだ別の顔があるのかとおののいてしまう。

帳場にいる番頭がふいっと顔を上げ、釜場の長吉に「そろそろ灯(あか)りを」と告げた。

知らぬ間に手もとは薄暗く、暖簾(のれん)の外は早くも暮れはじめていた。

長吉が「へい」と返事をし、板の間へ雪洞(ぼんぼり)型の行灯(あんどん)を並べてゆく。ひとつ、またひとつと灯(ひ)をともし、ほわり、ほわりと丸く温かな灯りが店内に満ちた。大店の内儀が手にしている銀の平打ち簪がいっそう輝きを放つ。

長吉が残りの行灯に灯を入れた。揺れる焔に長吉の手が影となって雪洞に映ったときだ。きれいだなあ、とぼんやり眺めていた里久の胸に、なんとも懐かしい気持ちが湧き起こってきた。

里久、里久――。

自分を呼ぶ男の子の面差しとともに、昔の日々の断片が脳裏にきらきらと降り注いだ。行灯の焔で、男の子が襖にさまざまな影をつくっていく。

犬、鳥、魚。指を動かし、次々といろんな形をつくっていく。

寝込んでいる里久に、手拍子をとってうたってくれている。

そうだった。耕之助が遊びに来てくれたんだ。昔あんなに世話になっておきながら忘れていただなんて、薄情なものだ。

「お嬢さん」

はっと我に返ると長吉が里久の顔をのぞきこんでいた。もう店には客の姿はない。

大丈夫でございますかと帳場から番頭がやってきた。手代頭も手代もこっちを見ている。

「耕之助坊ちゃんのことを考えておられたのですか」

番頭は耕之助の事情は大まかには知っていたが、それは大人の事情で、耕之助の大和屋でのつらい立場は長吉から聞いてはじめて知ったという。

長吉がしゃべってしまって申し訳ないと板の間に両手をついて詫びた。

「長吉をお責めにならないでやってくださいまし。つらい思いを胸に秘めるのは大人のわたしでもつろうございます。誰かに話せば幾分は心も軽くなるというもの」

「わかっているよ」

里久は長吉につらい思いをさせたねと詫びる。

「できることならそのころに戻って、耕之助坊ちゃんを抱きしめてさしあげたい」

手代頭の惣介はせつなげだ。

「いまからだってできますよ。一緒に悲しんで、怒って」

手代の吉蔵はそんなことを言ってくれる。

「今日も陽が暮れていきます。耕之助坊ちゃんはどこにいらっしゃるんでしょう」

長吉の言葉にみんなが暖簾の向こうの、もう暗くなった外に目をやる。

耕之助、ひとりじゃないよ。こうしてみんながおまえを心配してくれているんだよ。

里久は心の中で耕之助に呼びかける。

「あのう」

土間にたたずみ、みなの話を聞いていた彦作が声をかけてきた。

彦作が自分から話に入ってくるなんて珍しい。

「彦爺、どうしたんだい」

「そのう、耕之助坊ちゃんのおっ母さまは、どこにおられるのかと思いましてのう」

おっ母さま――とみんなが口の中で低くつぶやく。彦作はおずおずとつづける。

「耕之助坊ちゃんの産みのおっ母さまのことで。兄弟喧嘩をして、父親にも冷たくされて、そしたら縋るのはもう母親しかおらんと思いましてのう」

　里久は息を呑んだ。そうか。いくら離れて暮らしていても、母親は母親だ。もしかしたら耕之助は母親のもとへ身を寄せているのかもしれない。

「わたしも無性におっ母に会いたいときがあります」

　里を懐かしがる長吉を、吉蔵がもうじき藪入りだから会えるさとなぐさめる。

「どこに住んでいるんだろう、耕之助のおっ母さまは」

　居場所を誰が知っているんだろう。里久の疑問に、

「やはり大和屋の旦那さまではございませんか」

　と番頭が答える。

「いくら縁は切れたと申しましても、お子までなした仲なのですから」

「よしわかった」

　里久は店土間にある草履に足をおろした。

「どこへお出でに」

「知れたこと」

大和屋に決まっている。

「ちょ、ちょっとお待ちを。まだ母親のところにいらっしゃると決まったわけでは」

奉公人たちがいっせいに里久を引きとめる。

「それにいくら丸藤の娘だからといって、そんなに簡単に会えるお方ではございません」

あの大和屋の主人なのでございますよと惣介は言う。

「じゃあ誰なら会ってくれるんだい。番頭さんかい」

番頭はわたくしごときがめっそうもないと手をふる。

「まともに会えるのは、うちの旦那さまぐらいでしょうなあ」

「お父っつぁまかい。わかったよ」

里久は板の間へ上がり、そのままどっと奥のあるじ部屋へと走った。

里久が火鉢に手を炙っている藤兵衛へ大和屋の主人に会いたいと頼んだとき、枕時計が暮れ六つ（午後六時ごろ）を報せた。

「耕之助のことは聞いているが、産みの母親の居所をねえ」

大和屋重右衛門に会ってきたいってか。さてどうしたものかと藤兵衛はあごをなでた。

藤兵衛の横で羽織を畳んでいた須万の手がとまる。

「おまえさま……」

須万は里久が大和屋のあるじに会うことをいやがった。

「しかしおまえだって案じていただろう」

須万も節句にやってくる耕之助を黙って迎えてやっていた。それに案じていないといえば嘘になる。耕之助は桃の想い人なのだから。桃は心配するあまり寝込むほどだ。できるなら、せめてどこにいるかぐらいは知らせてやりたいと須万だって思っていた。

「耕之助のおっ母さまは芸者だったんだろ」

「そんなことまで知っているのかい」

大和屋の富次郎から聞いたと里久が告げると、藤兵衛はそうかいと嘆息した。

「じゃあもう、とっくに縁は切れているってことも知っているな」

「それでも耕之助のおっ母さまだ」

「おまえさまがきいてやることはできませんか」

須万の提案に、しかし里久は首をふった。

「耕之助の行方を探すのは、桃との約束ばかりじゃないんだよ」

里久は幼かった日の耕之助との思い出を語った。

「耕之助が昔わたしのためにしてくれたように、わたしも耕之助のためになにかしてやりたいんだよ」

「ああ、そうだったねぇ。憶えていますよ」

須万は目頭を押さえた。

「わかったよ。もう反対はしないよ」

藤兵衛は手紙で都合をきいてみるからちょっとお待ちと里久に言った。

藤兵衛に待てと言われてから二日が過ぎた。

その間も耕之助が戻ってきてやしないかと、里久は長吉に大和屋を見に行かせていた。

しかし戻ってきた長吉は、肩掛けを選んでいる客のうしろで今日も首をふる。

下絵描きの茂吉が新しい手拭いの柄にと持ってきてくれた絵を選んでいても、店の暖簾が揺れるたび、大和屋の返事がきたかと落ち着かなかった。

「今回は神事やひとを多く描いてみたのですが、お気に召しませんか」

茂吉が並べた画仙紙には、初午だろう、子どもたちが赤い幟を手にはしゃぐ姿や、雛市でにぎわう十軒店の様子が描かれていた。

「これ」

里久が手にとったのは、紙の兜を被った男の子が父親に肩車されている絵だった。

「自分で申すのもなんですが、ようございましょう」

「うん、いい絵だね」

勇ましく胸を張る子。そんな我が子をやさしく父親が見上げている。

大和屋は――里久の思考はそこから離れない。

手紙の返事を待つ間、耕之助の母親の居所をきくほかに、大和屋に聞きたいことも、言いたいことも山ほどできた。それからさらに三日がたって、待っていた大和屋からの返事がきたときには、里久の思いははちきれんばかりになっていた。

大和屋の使いの者は、今日の夕刻なら会えると、主人の言づけと一緒に手紙を渡した。

手紙には浮世小路にある料理茶屋の名と、今日はここで新年の寄り合いがあるから途中で抜け出してくる旨が書かれていた。

「じゃあ行ってくるよ」

里久が出かけるとき、あまりにも剣呑な表情をしていたのか、長吉にまるで仇討ちに行くようですよと不穏がられ、ほかの奉公人たちからも、

「お嬢さん、くれぐれも短気はいけません」

と釘を刺された。

そして今、父と娘は料理茶屋の座敷で大和屋があらわれるのを待っていた。

里久は大きく息を吸い、吐いて部屋を見回した。

床の間には鶴が舞う掛け軸が飾られ、柱は美しい飴色の化粧柱だ。里久の前には二の膳つきの料理が置かれ、白魚、筍、蕗の薹と、春の食材で彩られていた。

藤兵衛はさすがの貫禄で、床の間を背に、ゆったりと酒を味わっていた。

里久は注ぎ口がやたらと長い銚子で、父親の盃に酒を注いだ。

「里久も冷めないうちにおあがり」

藤兵衛にすすめられ、里久は恐るおそる蕗の薹の天ぷらに箸をつけた。

前に天ぷらを食べすぎて粉刺を出したことがあるが、ひとつぐらいならかまわないだろう。頬張ると舌のうえで山菜はほろ苦く、独特の若い香りが鼻から抜ける。

「ねえ、お父っつぁまは、耕之助のおっ母さまのことを知っているの」

藤兵衛は手酌で酒を注ぎ、権兵衛名は染吉だったと里久に教えた。

「柳橋の売れっ妓芸者だったよ。喉がよくて、お座敷に引っ張りだこだったらしいよ」

そのころの藤兵衛は料理茶屋に行くにはまだ若く、死んだ親父さまから聞いたと話した。

「染吉が芸者をやめるときは、大勢の贔屓客にずいぶんと惜しまれたようだ」

里久の祖父もご多分にもれず、大和屋のあんな若造の妾なんぞにと悔しがったという。

「お父っつぁまは、お妾さんを囲いたいと思ったことはないのかい」

里久がふと思いつきできくと、藤兵衛は口の酒をぶっと噴いた。

「藪から棒になにを言うんだい」

「だって囲うのは大店の旦那衆か、えらいひとだろ」

丸藤の店に来るお妾さんはみんなそうだ。

「それをいうなら品川の叔父さんだってそうじゃないか」

女を囲うぐらいの財力はある。

里久は鼻に皺をつくって、だめだめ、と手をふった。

「そんなことしてごらんよ。おっ母さんに海に叩き落とされてしまう」

藤兵衛は朗笑した。

「あいつのことだ。やりかねないな」

「それにさ、叔父さんはおっ母さんにべた惚れだったからね」

「わたしだって須万にべた惚れだよ」

藤兵衛は酒の力もあるだろうが、照れるでもなくつるりと娘に言ってのける。

「おお、熱いあつい」

里久は手で顔を煽ぐ。

「親をからかうんじゃないよ」

藤兵衛はまた盃に口をつける。

にぎやかな三味線の音と芸者や客のさんざめきが、廊下を伝ってこの座敷にも聞こえてくる。

「耕之助のお父っつぁまってどういうおひとなんだい」

「そうだな、ひと言でいえばやり手だな。お城の偉い人にも伝手があるってもっぱらの噂だよ。今夜もそのお偉いさんの接待かもしれんな」

なあ里久、と藤兵衛が盃を膳に置いた。

「おまえ、耕之助のことをどう思っている」

「どうって？」

「つまりその、男と――」

藤兵衛の声にかぶるように、よろしゅうございますかと仲居の声がかかった。お見えになりましてございます、と言い終わらぬうちに障子が開いて、ひと目で上物とわかる羽織をまとった男が座敷に入ってきた。待たせてすまないの詫びもなく、上座を譲ろうとした藤兵衛を手で制し、真向かいにどかりと座る。長居をする気はさらさらないという態度だった。

藤兵衛が今夜の礼を述べる。それに答えず、

「手紙には耕之助を心配して行方を探していると書いてあったが」

重右衛門は早々に話を切り出した。

これが耕之助の父親、大和屋重右衛門――。

さすが大店の米問屋の主人、堂々たるものである。

藤兵衛より十ほど上だと聞いている。鬢にちらほらと白いものがまじり、額に幾筋も深い皺を刻んでいる。笑わぬ目が父親とはまた違う迫力を漂わせる。

里久は挨拶ができぬほど緊張した。

「お節介め」

重右衛門は薄い唇をひん曲げた。

「耕之助がときどきおまえさんのところへ出入りして、なにやら馳走になっていることは知っていたが、ここまでお節介だったとはな。だがもうやめてくれ」

それが言いたくて今日は会ったのだと重右衛門は言った。

「それは違いますよ大和屋さん。耕之助は幼いころからうちの娘たちと仲良くしてくれていてね。今夜来たのは、いなくなった耕之助を娘たちがひどく案じているからですよ。下の娘など寝つくほどだ。上の娘の、ここにいる里久がどうしても大和屋さんに会ってききたいことがあるというんで、わたしがひと肌脱いだってわけですよ」

「ふん、相当な親馬鹿だな」

「ええ、それは違いないですな」

里久は大和屋へ手をついて「里久でございます」とていねいに辞儀をした。

「娘さん、わたしになにがききたい。先に言っておくが耕之助の行方なら知らん。あいつは自分から勝手に出ていったんだ」

なんて情のない言い草だろう。里久の胸は硬くなった。

「そうさせたのは父親のあなたのせいではないのですか」

重右衛門の鋭い眼差しが冷たく炯る。

里久は膝の上でぐっと拳を握る。気圧されるな。怖気づくな。里久は己を鼓舞する。

「どうして耕之助に冷たいんです。邪険にするんです。いくら耕之助が妾の子だからといって、大和屋さんにとっては血の繋がった大切な息子じゃありませんか」

「ほう、はっきりものを言うお嬢さんだ。丸藤さん、娘に商いを教えるより、礼儀を教えたほうがよかないかね」

藤兵衛は申し訳ないと重右衛門に軽く頭を下げた。

「しかし、わたしも思っていることは娘と同じでしてね。失礼を承知で言わせてもらいますが、大和屋さん、おまえさまは息子の耕之助をどうするおつもりですか。いまだに人足扱いだ」

重右衛門はそれに答えず、別の話に舵を切った。

「丸藤さん、あんた染吉の地唄を聴いたことはあるかい」

「残念ながら」

「そりゃもったいない」

重右衛門は里久の膳に伏せてある盃を手にとり、勝手に手酌で酒をあおった。

「いい喉をしていてねえ」

そのときだけ大和屋の厳しい表情がわずかにゆるんだ。

「なんども口説いて、やっとこさ浅草の橋場に囲ったんだよ」

しかしそのことはすぐに女房の知るところとなったと話し、重右衛門は二杯めの盃をあおった。

大店の旦那が妾を囲うなぞ珍しくもない。妾の面倒までみるのが本妻のつとめ。重右衛門の内儀もはじめは承知していた。

「しかしあれは嫉妬深い女でね」

染吉を囲って二年め、耕之助が生まれたころから妾を囲っているのをいやがるようになり、縁を切ってくれと迫るようになった。

「他人がおもしろおかしく女房の耳にいろいろ吹聴したんだろうよ」

最初は相手にしなかった重右衛門だったが、ひどく気持ちを乱す女房を見て、妾宅にかよう足は間遠になっていった。内儀はふたりめの子である富次郎を産んでからはさらにいやがるようになり、とうとう正気を失いかけた女房を見て、重右衛門はようやく別れを決意した。染吉も事情を汲みとり、縁を切ることに首肯した。

「だが条件を出した。耕之助を大和屋で引き取って育ててほしいってね」

耕之助の母親の話に横でじりじりしていた里久は、たまりかねて身を乗り出した。

「あの、それで染吉さんはいまどこに」

「おまえさんの知りたいことって」

重右衛門はちょっと瞠目したが、すぐに口端を苦くゆがめた。

「生憎（あいにく）だったな、それもわたしは知らないのさ」

「そんな」

「大和屋にゆだねたのだ。二度と会わないと言ってね。耕之助を引き取るとすぐにどこかに屋移りしてしまってそれきりだ。便りのひとつもよこさない」

——里久はおっ母さんといつも一緒でうらやましいよ。

遠い日の耕之助の言葉が蘇（よみがえ）る。

どこへいるやらと涼しい顔で話す重右衛門に、里久の体は怒りでかっと熱くなった。

お嬢さん、くれぐれも短気はいけません。見送った奉公人たちの心配顔が浮かぶ。

わかっているよ。でも——。

己をぎっと睨（にら）む里久の目を、重右衛門は、まっすぐで力強い、いい目だと褒（ほ）めた。

「耕之助もそんな目でわたしを見上げてきたよ」

しかし徐々に目を合わせなくなった。

「父親のわたしに失望したんだろうよ」

引き取るんじゃなかったと重右衛門は言った。

「女房はいまだに気持ちを乱したままだ。跡取りの喜一郎にしたって、僻（ひが）み根性の強い男になってしまった。わたしはね、染吉が耕之助を引き取ってほしいと言ったのは、あいつの腹いせだったのやもしれん、そう思っているよ。だってそうだろ、あの子を手もとに置いたばっかりに家の中はめちゃくちゃだ」

里久の拳が震える。もう限界だった。

「さっきから聞いてりゃ、勝手なことばかり!」

里久は畳を蹴って大和屋重右衛門の胸倉を摑んだ。

銚子が倒れ、酒がこぼれた。膳の上の料理がひっくり返り、白魚の卵とじがべしゃといやな音をたてて飛び散った。

「里久、やめるんだ」

父親に手首を摑まれ強い力で重右衛門から引き離されても、里久の怒りはおさまらない。

里久は重右衛門に叫んだ。

「誰のせいだ。えっ、誰のせいなんだ。耕之助を庇ってやるどころか、腹いせだって?

実の父親がそんなふうに思っているだなんて——耕之助がかわいそうだ!」

「里久、おやめ。わかった、わかったから」

ああも言ってやろう、こうも言ってやろう。あんなに思っていたのに、半分も言葉にできない。里久は口惜しくて頭がどうにかなりそうだった。

「あいつのためにそんなに怒れるとはな……」

もういいだろ、と言って大和屋重右衛門は座敷から出ていった。

帰り仕度をして里久は藤兵衛と廊下に出た。ほかの座敷は宴もたけなわのようで、にぎやかな嬌笑が聞こえ、艶やかな芸者たちが裾捌きも鮮やかに長い廊下を行き交っている。
「……染吉さんもあんなふうだったのかもしれないね」

　里久は家へ帰って早々に寝床にもぐりこんだ。

　さすがの里久も胸に堪えていた。今夜大和屋に会うことは桃に伝えていたが、座敷であったことなんて到底話せやしない。灯りをつけず、でも暗い部屋に独りきりでいるのは寂しくて、重右衛門の冷徹さに触れたからか、よけいに人恋しくて、部屋の境の襖を半分開けて妹を眺めた。

　桃は里久とは反対に、行灯の灯りを大きくして縫い物をしていた。

　黙々と針を動かす桃はとてもきれいだ。針に髪の油をつけるしぐさはうっとりするほど美しく、まるで一幅の絵を見ているようだ。

　今夜のことを知りたかろうに、桃はなにもきかないし、なにも言わない。見えているのかいないのか、ときどき里久の暗い部屋へやさしい微笑を向けてくる。

　今朝やっと熱が下がったと言っていた。

「うまいもんだね。綿入れ半纏だろ。もうすぐできあがるね」

　桃の手には緑青の微塵格子の生地があった。

「お父っつぁまは綿をたくさん入れたら爺むさくなるっていやがんなさるけど、温かいほうがいいと思うのよね」

桃は縫いかけの身ごろを眺める。

「根をつめるとまた熱が出てしまうよ。もう休んだらどうだい」

大丈夫よ、と桃はまたちくちくと手際よく縫っていく。その姿を眺めているうち、まぶたが重くなってきた。夜着をぎゅっと握る手がゆるんでいく。

「姉さんにばかり……ごめんなさい」

桃の詫びの囁きも、もう里久には聞こえなかった。

はっと目を開けたときは辺りは真っ暗だった。いつのまにか眠っていたようだ。桃の部屋との襖も閉まっていて、家の中はことりとも音がしない。真夜中のようだ。

里久は半身を起こし廊下に出て、雨戸をわずかに開けた。冷たい夜風が頬にあたり、鼻先にふと梅の香を感じた。十三夜の月の明かりに、庭の紅梅がちらほら咲いているのが見えた。もう春なのだ。元日にみんなで笑いながら追羽根をしたのがずいぶん昔に思えてくる。あの日はあんなに楽しかったのに。

里久は胸底に沈殿している重右衛門とのやりとりを吐き出すように、新たな風を吸って吐いてをくり返した。と、花とは別に、香ばしい匂いがぷんとした。これは――。里久は雨戸を閉め、暗い廊下に匂いをたどった。

台所から灯りがもれていた。のぞくと板間に藤兵衛が胡坐をかき、茶碗酒を呑んでいた。横で民が火鉢でスルメを炙っている。

「おや里久お嬢さん」

台所の入口に立つ里久を民が見つけ、藤兵衛がこっちへおいでと手招きする。

「寝酒だよ」

藤兵衛は火鉢のそばへ座った里久へ、おまえも食べるかい、と手にしていたスルメの足を割いて渡した。

「酒だけでいいっていうのに、民が焼いてくれてねえ」

「空きっ腹にお酒だけだなんて体に毒でございます」

民は焼き網の上で反りくり返っているスルメの身をひっくり返す。

「お嬢さんにもなにか拵えましょうかね。いま旦那さまから夕飯をあまり召し上がっておいでではないとうかがっていたところですよ」

夕餉は料理茶屋で少し口にしただけだが、腹は一向に減っていない。

「いいよ」

里久は藤兵衛からもらったスルメをかじった。民はさっさと土間へ下りてしまう。

「大丈夫かい。だいぶ堪えているんじゃないのか」

藤兵衛が里久にたずねた。

「須万にそらみたことか、やっぱり会わせるんじゃなかったと怒られたよ」

「平気だよ」

里久は焼きあがったスルメを皿にうつし、熱さをこらえて細く割いた。

藤兵衛は茶碗の酒をちびりちびりと呑む。

しばらくして民が板間に戻ってきて、里久の前に盆を置いた。

「はいはい、お待たせいたしました」

皿には小ぶりな握り飯が並んでいた。梅干しを叩いたものと、胡麻とじゃこがまぜてある。うっすらと紅色に染まった握り飯は、庭の紅梅を思い起こさせる。その横の椀は、とろろ昆布の吸い物だ。

「気持ちがしぼんだときは食べるに限りますよ」

ほらお召し上がりくださいな、と民は里久に箸を持たせた。

里久は少し口にする。すっぱくて、香ばしくって、

「おいしい……」

「どれ、わたしもひとつお相伴させておくれ」

藤兵衛がひょいとひとつつまんで頬張った。

「うん、うまいねえ」

なにも喉をとおらないと思っていたのに、里久はふたつめに箸を伸ばす。

握り飯を噛みしめ味わううち、重い体が軽くなっていった。暗い心に光が射してゆくようだ。

ああ、耕之助もきっとこんなふうだったに違いない。

つらくて、悲しくて。でもここで桃と一緒に民が拵えたおいしいものを食べて、また元気を取り戻して、大和屋へ帰っていったんだろう。里久の胸に感謝の想いがあふれる。

民が幼い桃や耕之助のそばに寄り添っていてくれてよかった。

里久は箸を置き、茶を淹れている民に両手をついた。

「お民、ありがとう。お民のおかげで元気が湧いてきたよ。耕之助だって、いままでどんなになぐさめられてきたことか」

里久は民に深く頭を下げた。

「やだ、お嬢さんたら、あたしはなんにも」

民は「おやめくださいまし」と里久の手をとる。

荒れたあかぎれのある手。里久は年の暮れの妹の手を思い出す。

民に教わりながら正月の料理をつくっていた妹。

里久はゆっくり頭を上げ、民の顔を見つめた。

いまの里久のように、耕之助を元気にしたくて、なぐさめたくて。

「だから桃はあんなに必死になってつくっていたの？」

里久は民にだけ聞こえるようにつぶやく。

「お嬢さん……」

民の目に、みるみる涙がもりあがる。

「お民、また耕之助をここへ呼んでやろうな」

しかしどこを探せばいいのか。

# 第八章　子守唄

亀千代がひとりの女を連れて「丸藤」にやってきたのは、翌日の昼下がりのことだった。話があると言われ奥座敷にとおすと、亀千代は挨拶もそこそこに、連れの女を世話になっている置屋の女将だと藤兵衛と里久に紹介した。

女将は丸藤のご先代には贔屓にしていただいていたと礼を述べる。豊かな黒髪に、肌は餅のように白く、ふっくらとしている。胸もとをゆったりと着付け、粋で色っぽい。先代のときから女将ならけっこうな年を重ねているはずだが、それを感じさせない。

「こちらさんが染吉の居所を探していらっしゃるとお聞きし、こうして亀千代に連れてきてもらいました」

亀千代は驚くふたりに、昨夜は大和屋のお座敷だったのだと打ち明けた。

「大和屋さんが珍しく酔われましてね。帰りぎわにおっしゃったんですよ」

おい亀千代、おまえんとこの女将に耕之助がいなくなったと伝えておけ。ついでに染吉の居所を知っているなら丸藤の威勢のいい娘に教えてやれ。

大和屋が。里久には信じられなかった。

「わっちはなんのことかさっぱりで、とにかく言われたとおり、今朝女将さんに話したら、染吉はうちの抱え芸者だった妓で、耕之助坊ちゃんはそのお子だっていうじゃありませんか。わっちはもうびっくりして」

「じゃあ、染吉さんの居所を知っていると」

腰を浮かす里久に、女将はええ、と応えた。

「染吉は深川で唄の師匠をやっておりますよ」

「唄の……大和屋さんもいい喉だったとおっしゃっておいででしたよ」

藤兵衛は昨夜の大和屋の言葉を女将に伝えた。

「そのとおりですよ。芸者をしていたときから唄という芸に心血を注いでいましたからね。そりゃあもう夢中でした。あの妓自身も好きだったんでしょうねえ。うたう姿もよくって。贔屓にしてくれる客も多くって、売れっ妓でした」

「それをよく手放しましたね」

藤兵衛の素朴な驚きに、

「それを言われると、わたいのここはいまだに痛みますのさ」

女将は己の胸に手をあてた。

「いまさらなにを言っても詮無いことでございますが、わたいは染吉と大和屋の旦那とのことは、はじめから反対でございました」

大和屋も最初は染吉の喉に魅せられた贔屓のうちのひとりだったと、女将は話した。

「大和屋だもの、金離れがよくってねえ。いい旦那がついたと喜んでいたんですよ」

しかし大和屋の染吉へのご執心は、こっちが思っている以上だったと女将は目を伏せた。

「年ごろのお嬢さんの前でなんですが、気づいたときには染吉とはもう深間になっていましてねえ」

大和屋はすぐに染吉を囲いたいと言いに来た。お座敷に出てほしくない。自分だけのものにしたいと。

「さっきも申しましたが、わたいは染吉に反対だとはっきり伝えました。芸も芸者としても、これからまだまだ伸びるっていうときでしたからねえ。それに所詮妾なんてものは、男の胸三寸でどうにでもなってしまう哀れなものでございますから」

いまならまだ引き返せると女将は口を酸っぱくして染吉に説いた。贔屓客のひとりに戻ればいいと。

しかし染吉はそうするわとは言わなかった。

「客ではなく、はじめて男として好きになった。惚れてしまったんだと言われりゃあ、こちとらどうすることもできやしない。初恋には勝てやしません」

「初恋……」

つぶやく里久を女将は眩しそうに見つめた。

「芸者といってもまだまだ娘。ちょうどお嬢さんぐらいだったでしょうか」

染吉の純な想いに女将はほだされた。

「置屋の女将としては失格です」

染吉は大和屋に落籍かれ、妾として囲われた。それから二年して耕之助が生まれる。

「芸者をやめたといっても、わたいは親代わり。耕之助が生まれたときも世話をしに行きましたよ。赤子を抱いて仲睦まじい旦那と染吉に、わたいはほっとしたものです」

紛れもなく夫婦でしたよと、女将は民が運んできた茶をすする。

「それからもたびたび様子を見に行きました。いつ行っても染吉は、子守唄がわりにあの妓の十八番の『黒髪』を赤ん坊にうたってやっていましたよ」

男と別れた女の寂しさをうたった唄だ。縁起でもないと思ったが、

「幸せそうでした」

それなのに次第に大和屋の足は染吉から遠のいていった。

その理由は昨夜大和屋から聞いていた。

「旦那のお内儀の心持ちが尋常でなくなっていたのはほんとうです。でもようは飽きられ

たんですよ。捨てられた。わたいはそう思っています」

座敷でおもしろおかしく一緒に騒いでいた妓がただの女になったんだ。そういつまでも逆上せてやいないと女将は哀しげにほほ笑む。

「染吉もよくわかっていましたよ」

――女将さんの言うとおりだったねえ。

「でもうまくいかなかったのは、あのひとのせいばかりじゃないとも染吉は言いました」

――あたしはどっかで憎んでいた。唄から離しておいて、待つだけの女にしたって。ほんとうならいまごろはってね。あたしもこの暮らしに倦んでいたんですよ。

「うちに戻っておいでと言ってやりました。またここからお座敷に出ればいいって」

――出戻りかい。それもこぶつきの。

――いいじゃないか。耕之助もうちで大きくなったらいい。

「大和屋と別れると決めたら早かった。条件を出してね」

耕之助を大和屋が引き取ることだ。

「女将さん、わたしにはどうしてもわからないんだ。どうして耕之助のおっ母さまは耕之助を手放したんだい」

里久だって須万と離れて大きくなった。しかしそれは里久の体を考えてのこと。娘のためだ。

「そのお気持ちわかりますよ。わたいも大反対しましたもの」

まだ六つ。まだまだ母親が恋しい年だ。惨すぎる。

「それに向こうのお内儀さんがかわいがってくれるとは到底思えなかったしね」

しかし染吉の決心は固かった。

――女将さん、耕之助は男だよ。芸者にはなれない。ここで育てて末は箱持ちにでもするつもりかえ。それとも幇間かえ。

「わたいはそれでいいじゃないかとは言えなかった」

――そらね、あたしといても先は知れてる。大和屋の旦那のそばでなら耕之助は立派な商人になれる。旦那は誰もが一目置く商人だもの。この子の父親だもの。きっといいように仕込んでくれる。女将さん、この子には胸を張って生きていってほしいんだよ。

「これもまた子を思う母親の気持ち」

大和屋の番頭に手を引かれ、連れていかれる姿を女将は泣きながら見送ったという。

「何度も振り返ってねえ。もう不憫で。染吉はとうとう家から出てきませんでしたよ」

その耕之助が数年前にひょっこり会いに来てくれたのだという。

「最初は誰だかわかりゃしませんでしたよ。憶えていてくれたんですねえ」

女将はうれしそうに目を潤ませる。

耕之助は母親の居所を教えてくれと言った。

「ただ息災で暮らしているか知りたいって」

もう立派な大人だ。女将は染吉の住まいを教えた。

「安心したよと笑っていました」

「深川のどこなんです」

里久はきく。

「富岡八幡さま裏手の、冬木町ですよ」

耕之助はそこにいるのだろうか。

「さあどうだか。染吉のことだ。耕之助が会いに行っても迎えてやるとは思えないが」

それでも里久はいますぐ深川に行きたかった。

「もう遅い、明日にしよう」

藤兵衛は障子に目をやった。

思いのほか刻は過ぎていたようで、白かった障子は黄昏色に染まっていた。

その障子の端にひとつの影があった。影は静かに動いて消え、しばらくして廊下の先で、とん、と戸が閉まる音がした。

桃――。

耕之助を探しに深川へ行く日は藪入りだった。

わたしもお供いたしますという長吉をなだめ、長吉の家の者が待つ雑司ヶ谷へ送り出した。なんたって奉公人にとっては年に二度しかない休みの日だ。ほかの奉公人にも骨休めに行ってこいと見送って、里久は藤兵衛と江戸橋の船着場へと向かった。ここから舟で深川へゆくのだ。藤兵衛と歩きながら空を仰げば、すっきりと晴れわたり、どこぞの庭でも梅が咲いているのか、かぐわしい香りがゆるい風にのって流れてきた。

船着場の猪牙舟に乗りこもうとしたときだ。

「お父っつぁま、姉さん、待って」

桃が風呂敷包みをひとつ抱えて石段を駆け下りてきた。

「桃っ」

里久は息を弾ませている桃の手をとった。

「姉さん、わたしも連れてって」

「でもまだいるかどうかもわからないよ」

「それでもいいから」

里久は藤兵衛に振り返った。藤兵衛は黙ってうなずく。

船頭が水棹を巧みに操り、舟は三人を乗せて日本橋川をくだっていった。

永代橋を右手に仰ぎ見ながら大川を渡る。川風はまだ冷たい。都鳥が汀に漂っている。

橋のたもと、佐賀町の船着場で下りると、あとは徒歩で染吉のいる冬木町を目指した。

門前町に沿った馬場通りの一の鳥居をくぐるとすごい人出だった。藪入りだからだろう、親子連れが多く、奉公先から帰ってきた息子や娘に、親たちは飴や駄菓子を与えている。久しぶりに親に甘えられて、子どもたちのなんとうれしそうなことか。

耕之助は藪入りの日はどうしていたのだろう。どこかでこんなふうに楽しげな親子を眺めていたのだろうか。里久は思いを巡らす。

桃も同じことを考えていたのがわかる。せつなげに親子から目をそらす。

三十三間堂をとおり過ぎ、いくつかの橋を渡ったとき、とおりかかった番屋で十手持ちと老婆が立ち話をしているのに出くわした。

「だから親分さん、怪しい男がいるんですってば」

「誰も婆さんなんぞ狙っちゃいねえよ」

十手持ちが下卑た笑いを浮かべる。

「そんなことわかりゃしませんよ。ほれ、この近くの唄のお師匠さんの辺りをうろついてんですよ。薄汚くって、気味悪いったらありゃしない」

とおり過ぎようとした里久は振り返った。

「あの、その唄のお師匠さんのお宅はどこに」

ふたりは里久に怪訝な顔を向けたが、里久のうしろに控えている藤兵衛が懐から財布を取り出すのを見て、十手持ちはとたんに愛想よく教えた。

「へえ、そのさきの角を曲がってひと筋、ふた筋行った三軒めで」

藤兵衛が心づけを渡すのと、桃がだっと駆けだしたのとが同時だった。

「桃、待って」

角を曲がり、言われたとおり筋をひとつふたつ過ぎたころ、三味線の音が聞こえてきた。先に走っていた桃が立ちどまっている。

「桃っ」

追いついた里久は、桃が見つめる一軒の仕舞屋に目をやった。大きな格子窓がある家で、三味線の音はそこから聞こえていた。

その格子窓の下に男がひとり膝を抱えてうずくまっていた。月代は伸び放題で、髷もさくれ、髪も着物も手も足も、埃で薄汚れていた。

三味線の音に合わせて若い女がうたっている。どうやら稽古のようだ。ときどき低く女の叱責が飛ぶ。女たちのやりとりに、男は身じろぎもせず耳を傾けている。吐く息が白い。

桃が風呂敷の結び目をといた。中から出てきたのは、あの微塵格子の綿入れ半纏だった。桃は男に近づいていき、男の肩に半纏をそっとかけた。

男がゆっくり顔を上げた。

「桃ちゃん……どうして」

耕之助の目が驚きで大きく見開く。

「耕之助さん、迎えに来たわ」

耕之助の喉から「くぅ」と嗚咽（おえつ）がもれた。すぐに顔を膝の中へうずめる。

「親の背でほかの男の丈測り……か」

里久の横で藤兵衛が、あれは自分のではなかったのかとひどく落胆している。

里久はなぐさめるように父親の腕に頬（ほお）をよせた。

そして腹に力を入れると、ずいっと耕之助の前へ立った。

「おい、耕之助。ずいぶん探したんだよ。自分ひとりきりだなんて思っていたら、大間違いなんだからね。わたしや桃や、お民や長吉や、丸藤のみんなが心配しているんだから」

桃も耕之助の震える背をなでながら言った。

「そうよ。みんな耕之助さんを待ってる。だから帰りましょ。ねっ」

いつのまにかやんでいた三味線がまた鳴りだした。

ゆっくりと爪弾（つまび）く三味線の音に、さっきの若い女とは違う、低い声の女が朗々とうたいはじめた。

〽黒髪の　むすぼれたる　思ひをば
とけてねた夜（よ）の　枕とて　ひとり寝る夜の　仇枕（あだまくら）

「『黒髪』だよ……」

藤兵衛が教える。

耕之助が立ち上がり、袖で涙をぐいっとぬぐい、女の声に重ねてうたいだした。

〽袖はかたしく　妻じゃといふて　ぐちな女子の心も知らず
しんとふけたる　鐘のこゑ　ゆふべのゆめの　けささめて
ゆかし　懐かし　やるせなや　積もると知らで　積もる白雪

丸藤の父娘は、耕之助と女のうた声にしばし聞き惚れていた。

雪ではなく、梅の花びらがどこからか舞い落ちてきた。

「またのおこしをお待ち申しております」

里久は店前の通りに立って客を送り出した。と、うしろで「姉さん」と桃の声がした。

振り返ると室町通りのほうから桃が民とやってくる。新しいお茶のお師匠さんのところでの稽古帰りだろう。

「こんどのお師匠さんはどうだい」

「ええ、とってもいいお師匠さんよ。さっぱりしていて、姉さんともきっと気が合うわ」

一緒にお稽古に行きましょうよとすすめられて、里久はたじろぐ。

「柄じゃないよ」

それにまだ正座は苦手だ。

「それにしても耕之助ったら、お父っつぁまの誘いを断わってしまうんだもんなぁ」

「姉さんたら、まだ言ってる」

深川からの帰り、舟の上で藤兵衛は耕之助に丸藤に来ないかと言ったのだ。

「うちで働いてみる気はないかね」

「俺が丸藤で……」

「ああ、そうすりゃ、おまえが一人前の商人になれるよう、わたしも力を貸せる」

里久は大賛成だった。

「そりゃあいい。ねえ耕之助、丸藤においでよ」

驚きで呆然としていた耕之助だったが、「ちょっと考えさせておくんなさい」と藤兵衛に頭を下げた。藤兵衛もこれからのおまえ自身のことだ、よく考えて答えを出したらいいと言った。里久は当然よい返事をするものだと思っていた。しかし二日ほどして丸藤にやってきた耕之助は、藤兵衛の申し出を断わった。

せっかくのご厚意を申し訳ございませんと両手をついて頭を下げる耕之助に、里久は「どうしてさ」と奥座敷で思わず詰めよった。

「俺はいままでやってきたことを捨てたくないんだよ。それに――」

耕之助は米が好きだと言った。

「ひとは米を前にしたら笑うんだ」

米屋の親父は耕之助が運んできた米俵を見上げて。町家のおかみさんたちは、米屋の手代に差し出した笊が米でいっぱいになるさまに。子どもたちはひとつの握り飯に。

「だから俺は――」

耕之助は大和屋重右衛門と親子の縁を切ってもらったと、びっくりするようなことも話した。

「親子ではなく、奉公人として大和屋で働かしてくれと頼みました」

商いを学んで、ゆくゆくはどんな形でもいいから米を扱う商売がしたい。耕之助は藤兵衛にまっすぐな眼差しを向け、告げた。

「家も出ようと思っています。どこか、長屋を借ります。そのほうが俺も大和屋のひとたちも、みんな幸せになれる」

迷いのないすっきりとした顔に、懐手で話をじっと聞いていた藤兵衛は、わかった、と言っただけだった。

「桃は心配だろ」

しかし桃は少しも心配なんてしてないわと答えた。

「耕之助さんが決めたことですもの。それに耕之助さんに小間物商なんて似合わない」

そう言われてみれば、耕之助が簪を手に「いかがでございますか」とお客にすすめる姿は、里久だってなんだか滑稽で笑ってしまう。

「ねえ、耕之助を見に行こうか」

ほら、と桃の手をとって里久は走りだした。

「ちょっと姉さん待ってよ」

中之橋に立つと、荷揚げ場では今日も人足たちが荷の積み下ろしをしていた。その中に米俵を担いだ耕之助がいた。紺の股引きに、頭には手拭いをねじってきりりと巻いている。

船頭が里久たちに気づき、耕之助に教えている。

耕之助がこっちを向いて、大きく手をふった。

「おーい、桃ちゃーん。里久ぅー」

白い歯を見せ笑っている。

「ほら、桃、耕之助が呼んでるよ」

桃のとびきりの伊勢町小町の微笑が、春の陽に輝いていた。

## 参考資料

ＣＤ「大江戸四季の音巡り」収録『黒髪』（農山漁村文化協会『大江戸万華鏡』付録）

## 参考文献

『伊勢半本店　紅ミュージアム通信』第1号・第36号（伊勢半本店）
『甦る江戸の化粧道具　板紅』（伊勢半本店）
『包丁の基本』（主婦の友社）

本書は、ハルキ文庫のために書き下ろされた作品です。

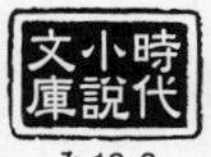

み 12-3

# 寒紅と恋　小間もの丸藤看板姉妹㊂

著者　宮本紀子

2020年10月18日第一刷発行

発行者　角川春樹

発行所　株式会社 角川春樹事務所
〒102-0074 東京都千代田区九段南2-1-30 イタリア文化会館

電話　03(3263)5247[編集]　03(3263)5881[営業]

印刷・製本　中央精版印刷株式会社

フォーマット・デザイン＆シンボルマーク　芦澤泰偉





ISBN978-4-7584-4368-5 C0193




http://www.kadokawaharuki.co.jp/[営業]

fanmail@kadokawaharuki.co.jp[編集]　ご意見・ご感想をお寄せください。